白狗相伴的歲月

犬がいた季節

いぶき ゆき
伊吹有喜——著

詹慕如 譯

第一話　潮音縈迴

昭和六十三年度畢業生

昭和六十三（1988）年四月～平成元（1989）年三月

只要回應那些「小白、小白」的呼喚搖搖尾巴，總有人會來摸摸頭。有時是大手，有時是小手。

最喜歡的食物是牛奶，還有小小的手給的麵包。

每日一到傍晚，小小的手就會將麵包浸在牛奶裡餵我吃。

今天一樣抱著這樣的期待入睡，但突然四周一片黑暗。

心裡一陣不安，試著叫了兩聲。但什麼反應都沒有。接著，身體一直搖搖晃晃，一回神，突然又被包圍在刺眼的光線中。

「抱歉啊，小白。我家還是沒辦法養你。」

周圍都是沒聞過的味道和風，身體一陣顫抖。不過熟悉的聲音還是帶來了勇氣，跟平時一樣搖起尾巴。

「可別怪我啊。你這麼聰明，自己會去安全的地方吧？找個溫柔的新主人啊，聽到了吧，小白？」

聽到叫小白的聲音，再次搖起尾巴，跟在跑走的那人身後，他卻發出「噓！噓！」的聲音。

「別跟著我！你已經自由了，看！這個給你！快去拿啊！」

追著那顆被丟出去的球。只要咬著球回來，大家總是很開心。拚命地追，咬著球。

一轉過頭，已經沒有人在。在附近跑了一圈，但沒有聞到熟悉的味道。

一邊嗅著地面一邊走，聽到好大的聲音。許多黑色輪子以驚人的速度在我眼前轉動。

聲音消失，無數黑色輪子停下動作時，埋頭拚命地跑。但是不管到哪裡，都找不到那味道跟聲音。

愈走愈累，腳步開始搖搖晃晃，感覺身體飄在半空中。

「喂，很危險啊，那隻狗要跑到鐵軌上了！」

「小狗？以小狗來說還挺大隻的呢。」

下巴下方被女人撓了撓。舒服的感覺叫人忍不住稍微搖了搖尾巴。

「喔，這裡是八高嗎？那剛好，就放在這裡吧。」

「確實很安全。」

被放到地上時，聞到很多人的味道。其中有一股微弱的熟悉味道。愈往後面走那股味道就愈濃。

（是麵包的味道……）

＊＊＊

英文和數學的成績不差。其他科目再努力一下，就有機會挑戰更好的大學。導師這麼對我說。

但這個「再努力一下」我就是辦不到啊。鹽見優花看著制服的裙褶，這麼想著。

為了克服不拿手的科目，暑假前還擬定了計畫表。把大約四十天的假期每十天分成一段、共區分成四段，命名為奠定基礎、複習，培養應用能力、總結收尾，這張表她自己都覺得做得挺完美的。

但是計畫就是計畫。實際上永遠無法依照計畫進行。

到第三天為止都還依照計畫走。第四天我睡晚了，那天整個人懶懶散散。第五天想要追回進度，但一直提不起勁。

第六天傍晚，我在廚房一邊吃冰淇淋一邊發呆，奶奶說，不想念書的話就到店裡去幫忙。

所以我就到家裡一樓的麵包店去幫忙，本來只想幫忙這一天，到頭來整個暑假從傍晚開始我都代替奶奶負責收銀。計畫愈來愈落後，暑假結束的現在，除了功課以外，我只完成了一份完美的計畫表。

不、不對。不能歸咎於幫忙看店。

我是以幫忙家事當藉口，逃避了學習。

為什麼要逃呢——？就在我這麼問自己時，聽到了老師的聲音。

「鹽見，妳有沒有在聽啊？」

「有。……老師，沒關係。我沒有太高的奢望。可以從家裡通學、不太勉強的大學就可以了。」

「妳真是沒什麼欲望呢。」

導師將補習班舉辦的全國統一模擬考的成績單遞給我。

「好，所以妳沒有要改志願。要是改變心意了隨時來找我。」

走出職員室，優花看著自己的成績單。

校內排名第九十八。根本沒心情再看全國排名。

八稜高中是縣內知名升學高中，位於三重縣四日市市、近鐵富田山車站旁，校章是往八個方向發光的八稜星，通稱「八高」。學區內將近五十所國中裡成績好的學生多半都會聚集到這裡，而大家在入學的同時通常都會領悟一個道理。

這個世界上果然人外有人。在同樣交出好成績的學生裡，自己既沒有原本想像的優秀，也並不特別。甚至可以說相當平庸。

優花將成績單折得小小的，塞進裙子口袋。

聯考時自己想進的學校知名度和分數愈高，就愈會聚集來自全國的優秀應考生，激烈競爭。怎麼可能在這場激戰中獲勝？就算僥倖考上，一定會比進高中時對自己的平庸更加絕望。所以現在這樣就夠了。她害怕失敗，也不想再對一無是處的自己感到絕望。

最好可以去一個不需要勉強自己爬得更高，能讓肩膀的力氣放鬆，好好做自己的地方。

優花一邊用橡皮圈綁起長至鎖骨的頭髮，一邊走向美術社的教室。

暑假之前她還是美術社的社長，現在這裡正在製作運動會用的看板。不過雖然名為美術社，這個社團裡卻幾乎沒有擅長美術的學生。

這所學校的所有學生在放學後有義務要參加社團活動。不過美術社的活動非常輕鬆，除了製作運動會和文化祭的看板之外，一年只需要製作一個作品，或者去名古屋參觀美術展覽，回來寫報告就行了。而且報告只需要寫兩張稿紙。包含優花在內，幾乎大部分人都選擇寫報告，下課後立刻回家。所謂的回家社。

其中也有極少數相當熱衷製作作品的社員。

多半是希望考藝大的學生，或者喜歡繪畫、插畫的學生。他們在社團辦公室裡各自有自己喜歡的地方，區隔出一塊小天地，默默作畫。

優花走進社辦。這棟木造平房以前也是校舍，她站在最後方的房間前。

「喂喂，光思郎。」

清亮的男聲響起。是美術老師、社團顧問五十嵐聰的聲音。

擁有男中音般的美聲，再加上蓄鬍的臉和微胖的身材，大家經常誤以為他是音樂老師。不過除了任教之外，他現在還是每兩年會在市內畫廊舉辦個展的油畫家。

「真沒想到。」五十嵐開朗地這麼說道。

「光思郎，你怎麼變得這麼小。」

「握手！已經會握手了啊。趴下！喔，也會趴下了。」

「光思郎學長，果然是個優秀的男人。」

這歡快的聲音讓優花有些疑惑。

光思郎，也就是早瀨光司郎是班上一個沉默的同學，立志要考上東京的藝大。他在社辦時總是相當認真在畫畫，散發出一種生人勿近的氣息，很少看他跟人打鬧。

他國三第二學期搬到優花家附近。儘管兩人離家最近的車站是同一站，上學時經常打照面，但是就連自己也沒有這麼親暱地跟他交談過。

優花輕咳了兩聲，走進社辦。

「你們太吵了，聲音都傳到走廊了。尤其是老師。」

「哎呦，不要這麼嚴格嘛。」

五十嵐難為情地笑了，對優花招招手。

「鹽見，妳也來看看，妳一定也會很吃驚。」

「我是來幫忙畫看板的耶……咦？狗？」

走到五十嵐身邊，她發現早瀨光司郎位子上是一隻白狗。狗還很小，不知為什麼全身都是沙子。

「這狗是怎麼了？老師的？」

「不是我的。是藤原聯絡我的。」

「我一到社辦，就發現這傢伙乖乖坐在光司郎位子上。」

留著很像方格子樂團藤井郁彌般長瀏海的藤原貴史是學生會長，擔任了三屆學生會的幹部。他這個人個性隨和、成績又好，跟誰都能輕鬆聊兩句，在男女學生之間幾乎沒什麼交流的這間學校裡，算是很特別的異類。

藤原蹲在白狗面前，摸著牠的頭。

「鹽見，妳也叫叫看。一叫牠光思郎就會搖尾巴喔。」

她也試著叫了聲「光思郎」，白狗搖著尾巴舔了舔優花的手。蓬鬆的白毛跟下垂的耳朵十分可愛。

美術社的新社長高梨亮聽了藤原的話點點頭。有一對圓亮眼睛的他，比起畫畫似乎對美術史更有興趣，經常在社辦翻看畫冊或歷史書。

「我也很頭痛，所以總之先請五十嵐老師過來，商量該怎麼辦。」

「原來是要找我商量的啊。」

五十嵐抱起白狗，輕撫著牠的背。

「狗的事我也不太懂。我也聯絡了工友藏橋先生，但到現在還沒來。」

「抱歉，我來晚了。」

聽到一聲很優雅的招呼，身穿灰色工作服現身。一頭漂亮白髮的藏橋聲音和態度都很溫柔，跟五十嵐關係很好。

「不好意思，五十嵐老師。剛剛換燈泡花了太多時間。」

看到五十嵐手上抱的狗，藏橋瞇起眼睛。

「這就是你說的那隻狗嗎？長得真可愛。我看看……是公的呢。應該是貴賓犬和臘腸犬的混種吧。」

「所以是雜種嗎？」

「應該是。乖，嘴巴打開我看看。」

藏橋按住牠上顎，狗老實地張開了嘴。

「一點抗拒都沒有就張嘴，看來應該受過一定程度的訓練。感覺已經不是小狗，快長大變成犬了。」

「還是被丟掉了？」

「所以是有人養的嗎？是迷路了嗎？」

藏橋將手離開狗的嘴巴。

「不知道牠為什麼全身都是沙，可能暫時收留一陣子比較好。」

「那幫牠找找主人吧。來做張貼公告吧。」

好！五十嵐點點頭，高聲說道。

「誰能幫忙畫海報？說我們八高撿到一隻白色毛茸茸的狗。」

啊？抗議聲在社員之間此起彼落。

「怎麼？你們好歹也是美術社的吧？清香，妳來畫。」

「我嗎？」

一年級的赤井清香顯得很不安。

「我可以畫擬人的狗啦，但是真的要畫正式的狗，我不行啦……。」

「什麼叫正式的狗？沒關係啦妳就畫吧。」

啊～。說完後赤井看向身邊的男生。

「笹山以後想當美術老師吧？你來畫啦。」

「可是、這……。」

笹山眼神閃爍地看著五十嵐，欲言又止。

「我的夢想實在太難實現，所以我最近改志願了。我要改當國文老師。」

等等。五十嵐把狗放回地上。

「喂，國文老師也很難吧。」

「我暑假去上過考藝大的補習班，去那邊的人都超強的。就好像有一大批光司郎學長那樣？」

那確實挺可怕的。聽到這些反應笹山也回道：「是吧？」

「我深深對之前說要考藝大的自己感到羞恥。」

「老師，光放文字不行嗎？」

優花拿出放在社辦層架上的圖畫紙，用麥克筆大大寫著「走失狗」。

「用『富士即可拍』拍下狗的照片貼上去吧。」

「妳字也寫得太隨便了吧。」

五十嵐深深嘆了一口氣，手扶額頭。

「至少也加點造型啊。我再強調一次，這裡是美術社。鹽見，妳是前任社長吧。」

「對抽籤抽到的社長不用有太多期待……。」

「老師。」一個聲音響起。是不太常出現的戴眼鏡一年級男社員。

「讓鹽見前社長畫海報會成為本校之恥。製作看板的時候鹽見學姐也完全沒幫上忙。」

「那你來畫啊，我的選修課本來要上音樂的。」

「我畫是可以。」

一年級生一邊瞥著優花。

「我很擅長美術字，但是太花時間了。要是有時間畫狗的海報，我寧願多背一個單字。」

五十嵐再次嘆了一口氣，搖搖頭。

「隨便誰都行，快點把『走失狗』的海報畫了吧。」

也不知道是誰，這時傳出一個微弱的聲音。

（老師來畫不是最快嗎？）

（太完美了！）

「我不想跟你們說話了。光司郎、光司郎人呢？」

狗在五十嵐腳邊搖著尾巴。

「不是你啦，我是說人。他昨天也沒來上課，怎麼了嗎？」

「聽說他爺爺快掛了……。」

不妙！藤原慌張地將瀏海往上撩。

「聽說狀態不太好，所以他一直守在醫院。」

「這我倒不知道。」

五十嵐表情一暗，聲音也低沉了下來。

搖著尾巴的小狗忽然怯生生地抬頭，然後蹲了下來。好像在害怕什麼一樣，優花把狗抱起來。

小狗把身體靠了過來，她輕拍著小狗的背。

小狗大概在發抖，手掌心感覺到微微的震動。

真可憐。藏橋摸著小狗的頭。

「這孩子很緊張。得快點幫牠找到主人才行。」

五十嵐再次嘆了口氣，搔著頭。

「那好吧，我先用文字處理機弄一張告示來貼吧。」

「老師，你不自己畫嗎？」一個女生問道。

「囉唆。我上禮拜剛買了新的文字處理機，讓我用一下會怎樣。」

五十嵐交代大家給小狗弄個地方待，然後離開了社辦。

美術社社辦一角裝設了籠子，收留這隻一聽到人叫「光思郎」就會搖尾巴的白狗。之後的一星期內，美術社學生分頭在附近的設施或店家張貼走失狗的海報，但飼主始終沒有出現。

第十天這個星期一，校長交代別繼續收留，先找找願意在飼主出現之前領養狗的人。大家先在校內徵求願意領養的人，不過沒有人舉手。

九月底，優花放學後搭近鐵名古屋線在四日市站換乘「湯之山線」回家。

四日市東望伊勢灣、西邊連接到鈴鹿山脈的山麓，東西方向幅員寬廣。沿岸地區自古以來就是東海道繁華的宿場町。

昭和三十年代日本首座石油精煉廠受邀在這此臨海地區設廠，此後這一帶的海埔新生地接連設置了第二、第三精煉廠。經濟高度成長時期這裡出現了大氣污染等公害，經過之後二十多年的努力，昭和六十三年現在的空氣已經恢復潔淨。

跟東邊都市區域相比，湯之山線途經的西邊地區處處可見水田和里山。終點湯之山溫泉車站位於御在所岳的山腳下。山麓那片豐饒的丘陵地，長年來也開發為往名古屋通勤者的衛星市鎮。

在高角車站下了車，優花慢慢走在黃金色的稻穗之間。爺爺創業的「鹽見麵包工房」就開在「一生吹山」這座里山的山麓，沿著高速公路一片水田地帶中。

也因為這樣，店面前這一條路雖然鋪了柏油，但車流量很少。馬路東邊是國中、西邊是高速公路的高架，穿過高架下就是一片大規模住宅區。

回家之後奶奶的聲音從店裡傳過來。

「優花回來了嗎？」

身穿白襯衫和小麥色圍裙的奶奶從連接工房和自家的門探出頭來。

「怎麼這麼晚？」

「對不起，我沒趕上上一班車。」

「快點喔。現在應該沒有參加社團活動了吧？」

沒有社團活動是為了準備考試。但是從暑假期間開始每天傍晚來店裡幫忙這件事，因為一直沒找到計時員工，持續到現在。

「我換好衣服就過去。奶奶妳先去休息吧。」

在三樓房間換穿上店裡制服，優花拿著圖畫紙和筆下了一樓。

探頭看看樓梯旁的工房，父親正蜷著背在看運動報。

天亮前就開始工作的爺爺和父親，每到傍晚這個時間做麵包的工作就告一段落。幫忙他們兩人的奶奶早上也得早起，所以到了傍晚總是很疲倦、心情不大好。

走進店裡，計時員工相羽靜子正在送客。

「抱歉啊，相羽太太，讓妳一個人忙。」

「沒關係的。」說著，相羽推了推滑落的銀框眼鏡。

「不過優花現在要準備考試，一定很辛苦吧。」

「真希望可以快點決定，多虧相羽太太幫忙。」

相羽住在附近的住宅區，她希望能在唸國中的兒子四點回家之前回到家，之前都工作到三點。但是因為人手真的不太夠，這個月起每星期有三天會麻煩她延長時間工作到五點。

「我會替妳加油的！來，坐吧。」

相羽在收銀台旁的桌前放了張椅子。

今年要考高中的兒子希望能進八高，所以相羽對優花總是很親切。跟奶奶一起看店時不可能，但是跟相羽一起的時候如果沒有客人她總是讓優花看自己的參考書。

「謝謝！不過我今天可以畫海報嗎？要幫走失的狗找愛媽。……對了，相羽太太，妳家要不要養狗？」

「我兒子是很想養，但我先生不太喜歡動物。」

「這樣啊。我奶奶也不行。她竟然還說什麼我們是賣吃的，家裡不能養禽獸。」

「可能擔心毛髮還有味道吧。」

店裡的收音機傳出強而有力的女聲。是濱田麻里的〈Heart and Soul〉。Soul這個字除了是英文「靈魂」的意思之外，也意指韓國首都，這首曲子是十七號開始NHK轉播漢城奧運的主題曲。

優花一邊聽著水上芭蕾的解說，一邊在圖畫紙上用畫筆大大寫下「徵求小狗愛媽」幾個字。

看了一會兒後，她試著用鉛筆畫了一隻狗。

明明畫得很認真，卻化成一隻說不上是狗是狐還是白貓的生物。

嘆氣時，聽到遠方好像有叫聲。

「相羽太太，那是什麼東西在叫啊？」

調低收音機的音量，相羽將手掌抵在耳邊。

「我什麼都沒聽見啊……？」

「該不會又是猴子跑下山了吧？」

空前的蓬勃景氣中，鈴鹿山脈的山腳下興建了許多高爾夫球場。可能因為這樣，最近很多猴子被趕出山裡，在附近出沒。

收音機傳出沸騰歡聲。在這些歡聲背後她又聽見了些什麼。

好像是孩子的哭聲？優花打開窗。

稻穗在染成一片朱紅的夕陽餘暉中輕搖款擺。前方的路上有個小東西蜷成一團。

「啊！相羽太太，那是小孩嗎？」

小孩？相羽反問了一聲，掛上垂在胸前的眼鏡。

「啊，好像是耶。怎麼了嗎？是不是在哭？」

「我去看看！」

跑出店外，路的前方有個孩子正低著頭。旁邊是一輛傾倒的小自行車。

「小弟弟，怎麼了？騎車跌倒了嗎？」

年紀大概幼稚園或小學一年級的小男孩擦掉眼淚。

優花雙膝跪地，配合孩子的視線。

「沒事吧？一定很痛對不對？」

男孩停下擦臉的手，認真地盯著優花的臉。

看到他提防的表情，優花連忙指了指身後的店面。

「姊姊是那間麵包店的人。你過來吧，我幫你處理一下傷口，你家在哪裡？」

「我……我沒事。」

孩子搖搖頭想站起來，卻踉蹌了兩步。

優花坐在他面前，背向男孩。

「來！姊姊揹你。」

轉過頭微笑對男孩說了聲：「好嗎？」這時孩子已經站了起來。

優花走在邁出步伐的男孩身邊，跟他一起往前進。看到孩子抬頭看自己，她伸出手，那隻小小的手緊緊握住她的。

優花發現這孩子在害怕，緊緊回握了他的手。

走進店裡，相羽正在接待客人，不過急救箱已經放在收銀機旁。優花讓男孩坐在收銀旁的椅子上，開始替他消毒膝蓋的傷。

她站起來正要去拿OK繃，剛好跟孩子對上眼。

「沒事嗎？」

男孩直盯著她，然後別過頭去。接著他的視線一直停留在桌上的圖畫紙。

「這是……狗？」

優花一邊拿OK繃，一邊看向海報。

「看得出是狗嗎？太高興了。」

「我們學校裡有一隻很可愛的狗。你們家要養狗嗎……？」

男孩用手捂著臉，又哭了起來。

「怎麼了？很痛嗎？」

「不痛。」

男孩肩膀顫抖，不停哭著。

「一個人很寂寞、很害怕嗎？不要緊的，姊姊馬上幫你聯絡家裡的人。要吃麵包嗎？還是喜歡吃餅乾？」

店後面的門打開，奶奶走進來。

「優花，妳怎麼把這麼小的孩子弄哭了。」

「又不是我弄哭的……。」

「算了算了。我問相羽太太就知道了，妳去後面吃飯吧。真可憐，得趕快替他處理一下傷口才行。」

奶奶嘆著氣，替男孩的膝蓋貼上了OK繃。

「他家住哪裡？問過他電話號碼嗎？」

「啊，還沒……。」

奶奶又嘆了一口氣。

「優花雖然會念書，這種地方就是不夠細心。」

優花把正要貼上的OK繃塞回口袋，走出外面。

把孩子的自行車牽回店裡的自行車停放場時，她仰頭望著夕陽。

自己確實可能有粗心的地方。

卻也沒有像奶奶所說那麼會念書——。

來到二樓的廚房，父母親跟爺爺正在吃晚餐。

優花辛苦啦。母親一邊說一邊起身，開始熱味噌湯。

「相羽太太打了分機進來，聽說有個孩子受傷了？」

「好像是騎車摔的。奶奶在問他聯絡方式。」

喝了一口味噌湯的父親叫了母親一聲：「俊子。」

「媽一個人我不太放心，妳等等去看一下。」

「等我弄好優花的飯。」

「沒關係啦，我可以自己來。而且我本來就要再回店裡一趟。」

「不要緊，妳坐吧。」

母親用布巾擦擦手，開始準備我一個人的晚餐。

爺爺開的這間麵包工房，以前多半靠國高中生和附近常客維繫著小生意。大概十五年前在父親的提議之下導入石窯，開始著重在法國麵包、吐司、鹹點麵包上，又增設了內用區，在那之後住宅區的家庭開始頻繁來光顧。

三年前，大我六歲的哥哥也開始幫忙家業，負責跑業務跟配送。工房現在還接下市內餐飲店的石窯烤麵包和甜點批發採購訂單，業務範圍愈來愈廣。

但是直到現在母親還是一個人負責工房的會計工作跟家事，空閒時間還到店裡幫忙接待客人，完全沒有時間休息。

母親將味噌湯和白飯端上餐桌。

「優花，上次模擬考結果怎麼樣？怎麼沒給我看成績？」

「不怎麼樣。」

「不怎麼樣也要讓我知道啊。」

沒錯。說著，爺爺發出聲音喝起味噌湯。

「考試也得花錢。既然是父母親出錢，吃飯之前先把成績交出來。」

沒辦法，優花上了三樓，把模擬考成績給母親看，她難過地搖搖頭。

「妳成績怎麼一直掉呢？一年級的時候校內排行高多了。我看還是因為——。」

因為去店裡幫忙吧？察覺母親還沒說出的話，優花高聲打斷她。

「只是因為跟一年級的時候不一樣，大家都更用功了而已。」

「那妳怎麼不用功一點呢？我看還是因為店裡——。」

一直安靜吃飯的父親將筷子放在餐桌上。

「傻子，別再囉唆。下次再努力就行了。」

「就是啊。再會念書麵包也發不起來。喔！瓦薩洛上場了。」

爺爺拉高電視音量。仰泳贏得金牌的鈴木大地選手正在講解瓦薩洛游法。

父親也一邊喝茶一邊望向電視。

「我說你啊。」母親語帶不滿地對父親說。

「優花現在是考生，就不能讓她專心念書嗎？」

「我也想啊，不好意思啊。之前來應徵的人都跟老媽處不來走了。明明跟相羽太太就能相處得不錯啊。」

「急什麼呢，反正自己家人工作不用花錢。」

真的是這樣嗎？

優花將飯菜送到嘴邊，沉默地思考。

爺爺給了哥哥薪水。因為有這份薪水，哥哥才能離開這個家自己在外租屋，開著氣派的車到處工作。

自己，還有母親跟奶奶卻都沒有獲得報酬。唯獨哥哥這個長男不一樣。

哥哥發出聽來有點像「喔！」也有點像「喝！」的招呼聲，走進廚房。

父親和爺爺也回給他一樣的招呼聲。

「媽，這個妳處理一下。」

把請款單交給母親，哥哥看到放在餐桌上的模擬考成績。

「喔，這是優花的成績嗎？這什麼啊？校內排名九十八？哎，國中的第一名進了八高也成了普通人啊。」

「這有什麼辦法。」

母親安慰般說道，將茶放在哥哥面前。

「學校裡那麼多學生。如果五十間學校的第一名都聚集在一起，總會有第五十名啊。」

但是自己也沒進前五十名。她緊咬著後槽牙時，哥哥又笑了。

「優花，不要這麼衝啊。這樣很好啊，女生變成書呆子一點也不可愛。男人最討厭比自己厲害的女生了。」

誰想要這種男人。後槽牙咬得更緊了。

「好了阿勇，不要這樣說話。」

母親嚴厲地瞪著哥哥。

「也是，你看傻子那麼聰明。」

爺爺呼嚕呼嚕喝著茶。

「我們家最聰明的就是管錢的傻子，我們只是軍隊、工蟻而已。」

「不要這樣說話啦。」

父親拿過放在爺爺面前的電視遙控器，又調高了音量。

商業高中畢業後，母親在一間製菓用品商店的會計部工作，她半工半讀上簿記學校，取得了簿記一級的執照。聽說父親想設置石窯時設法籌措資金，還有提出內用區點子的都是母親。

如果沒有母親，這間工房也不會成長到這個規模。

但是爺爺和奶奶、最近甚至連哥哥都對母親很不客氣。

優花三兩下扒完飯後站了起來。

「我去跟奶奶換班，媽妳休息吧。晚上我去看店。」

「不要緊，優花，妳去念書吧。」

「我可以一邊看店一邊背單字。」

爺爺用力點點頭。

「沒錯，優花。書在哪裡都能唸。不是只有在書桌前才能用功。傻子，茶。」

母親發出很大的聲音推開椅子起身。優花也與之呼應般離開座位。她走到爺爺前抓住遙控器，關掉了正發出偌大音量的電視。

大概是太過驚訝，爺爺眼神閃爍游移。優花覺得心情暢快了一點。

在店門前路上哭泣的男孩，跟來接他的年輕母親一起回去了。聽說他住在附近的住宅區，一個人去附近的里山，在回家的路上。

計時員工相羽回去後，優花一邊看店一邊繼續製作海報。

收音機傳出八點的報時聲。快到關店的時間了。

塗完這張狗的圖畫，優花打開店裡所有窗戶。

夜風輕柔撫過稻穗上。夏天那麼喧鬧的蛙鳴聲現在已經平息，取而代之的是鈴蟲的叫聲。

用拖把將地板拖了一遍後，她看著屋外。

店門前這一條路的遠方，可以看到一盞自行車的車燈。

關上窗，優花走近特價麵包區。

她把爺爺最自豪的巧克力奶油捲和照燒雞肉三明治裝進店裡的購物袋。接著她環視架上，正想放進上面有粉紅糖霜的花形餅乾，卻停了手。想了想，改放了狗形餅乾，這時店門剛好打開。

將紙袋收進收銀台後，優花招呼道：「歡迎光臨。」

肩上掛著大波士頓包的早瀨走進店裡。

會在星期四這個時間來的客人只有一個。那就是光思郎名字的來源，美術社的早瀨光司郎。

跟他打招呼，他也只是輕輕低個頭。總是面無表情地拿著打七折的吐司到收銀台來，結完帳後就快步離開。

早瀨拿著吐司來結帳。優花拿起剛剛收好的紙袋，叫住他。

「那個……早瀨。」

手上拿著皮夾的早瀨面露狐疑。優花發現他視線望著那張畫到一半的海報，慌張地將紙翻到背面。

「那個……」早瀨指向海報小聲說道。

「是那隻狗？」

「你竟然看得出來？塗了顏色之後變得愈來愈奇怪……。」

早瀨有一瞬間閉上眼。那表情就像看到了什麼奇怪的東西。

「你別這樣說不出話來啊。那還不如笑出來，比較不受傷。」

早瀨每星期會去名古屋的藝大術科補習班三次。

聽說他想考的是藝大裡門檻最高的東京藝術大學。

早瀨輕輕把瀏海往上撩。可能因為五官很端正的關係，這個人的舉止和表情看起來都有點清冷。

「那海報要貼出去嗎？」

「車站之類的地方吧？不過畫成這樣應該不能貼吧。」

「很急嗎？」

「有點。」

「有點？那是多急？」

感覺對方好像在指責自己不確實的回答，優花急忙補充說明急著畫海報的理由。

「下星期一就得告訴校長我們要怎麼處置小狗，所以我們想在那之前幫牠找到愛媽。所以有點急。我負責海報，藤原正在學生會募款籌錢買飼料和打預防針。大家在討論要不要發起連署，在學校裡養牠。藤原很厲害吧。」

「這種事情對那傢伙來說很輕鬆吧。」

早瀨語氣不怎麼高興地說出一間東京超難考的私大。

「因為藤原想爭取這間學校的推薦名額。聽說他一直擔任學生會幹部目的也是這個。從事這類活動在甄試裡好像很有幫助。」

「我覺得也不只是這樣吧。因為發起署名運動這些事，也可能被學校視為眼中釘，甚至無法拿到推薦。」

「那傢伙一定可以順利周旋的啦。」

「原來早瀨會說這種話啊，真是意外。」

本來以為他會反駁，但早瀨只是低下頭。

優花將裝了巧克力螺旋麵包和三明治的袋子遞給早瀨。

「不嫌棄的話這些你拿去吧。那隻狗因為我們胡亂叫，現在只認你的名字了。……昨天也有一年級生這樣叫牠。」

「我聽到有人在叫『光思郎你在幹什麼！』回頭一看，那隻狗正在方便，然後就有人說『光思郎，不可以在這種地方小便！』。」

「真的很抱歉。」

優花雙手合十，把袋子硬塞給早瀨。

「這代表我一點小小歉意。」

「不用啦。」

早瀨推回袋子。優花再次遞出去：「真的不用客氣。」

「反正這些都得丟掉。我們家除了吐司以外，其他麵包味道也不錯的。都是爺爺跟爸爸每天早上用心做的。」

「真的不用了。」

早瀨從皮夾裡取出吐司費用的銅板，整齊擺在托盤上。

「我雖然每次都只買特價品，但並不是沒錢吃飯。」

「我沒有這樣想啊。」

「這是畫材，代替橡皮擦用了。」

「不是用來吃的啊。」

「對啊。」早瀨小聲地說，抓起吐司。

「啊，等一下！早瀨，袋子、袋子。」

早瀨打開門離開店裡。優花追在後面，但早瀨站騎上自行車，風也似地走了。

到了週末，還是沒找到願意暫時收養光思郎的人。

星期一放學後，社團顧問五十嵐和工友藏橋帶校長來到社辦看光思郎。連同學生會長藤原發起的「照顧光思郎會」十六位成員，優花整理了社辦的椅子，設置出讓大家討論的空間。

社辦一角，早瀨脫掉制服外套，正在套上卡其色工作服。換好衣服後入座，他把垃圾桶拉到面前，開始專心地在垃圾桶上用小刀削起一根黑色棒子。

藤原壓低了聲音深怕吵到早瀨，對校長說明了這兩星期以來試圖幫小狗找愛媽但沒有成功的經過。

對養狗很熟悉的藏橋，也接在藤原之後補充，光思郎很可能是故意被丟掉的狗。

藏橋看了一眼在籠裡睡覺的光思郎。

「牠來到這裡時全身都是沙。說不定是被丟到海裡，然後從海邊走過來的。」

一個來自鈴鹿山腳下國中的女孩好奇地問：

「海？離這裡很近嗎？」

「不算近。」

五十嵐指向車站的方位。

「一直往這邊走就會碰到海。校歌裡不是也有嗎？『潮音縈迴』。不過這中間有近鐵和JR的鐵道，又有幹線道路。對這隻狗來說應該是不短的距離。」

後方座位有一個男生發言。

「所以這隻狗努力地走了那麼長距離來到我們八高嗎？」

校長對著發出聲音的方向說。

「但如果是被丟掉的狗，等再久也等不到失主吧。」

藤原對校長舉起手，然後環顧周圍。

「各位同學，發言之前請先舉手，先跟老師介紹自己的名字。我是學生會長藤原、藤原貴史。」

他先用清亮的聲音大方報上自己姓名後，流暢地開始說明。

「其實這附近有幾個人表達過願意暫時收養，但是真正看過光思郎後，大家都放棄了。如果是小狗也就罷了，但是這隻狗幾乎已經快變成成犬。聽說這種半大不小的狗，不太容易跟人培養感情。」

「因為這樣才被丟掉的嗎？」

五十嵐交抱著雙臂。校長略顯猶豫地開了口。

「那如果沒有人願意領養，最後只能聯絡動保防疫處了。」

「請等一下。」優花舉了手。

「我是三年級的鹽見優花。之後可能會出現願意領養的人吧。」

「鹽見同學。」校長溫和地望著她。

「這隻狗今後還會繼續長大。等牠變成成犬之後，可能就更不容易找到人領養了。鹽見同學妳家能養嗎？」

「我家賣吃的，家裡說不能養動物。」

藤原再次舉手。

「不好意思，我是藤原。校長，方便說兩句嗎？我們『照顧光思郎會』中，有人提出希望繼續在八高養這隻狗。飼料和預防接種的費用可以靠募捐。也有人願意從家裡帶寵物食品或玩具來。」

「藤原同學家不能養嗎？」

校長的問題讓藤原頓了一頓。

「我妹妹會過敏。而且我爸媽一直很討厭狗。」

「那學生之中也可能有人會過敏。這方面該怎麼處理？還有，如果以後這隻狗咬了人，又要由誰來負責？」

工友藏橋看著光思郎：「這孩子很老實的。」

「牠不會亂叫，看來之前受到很好的照顧，牠很信賴人。」

「我也想過收養牠。」五十嵐開始對校長說。

「但是我住的地方禁止養寵物。我還試著跟管委會商量，但還是不行。之後我們也會繼續找願意領養的人，在那之前不能讓我們養在學校裡嗎？」

「如果是私立或許沒問題，但我們是公立學校，這種事畢竟沒有前例。」

校長摸著西裝口袋拿出香菸，但馬上又打消念頭將菸放回口袋。

「況且，如果因為這次的事件讓大家覺得把寵物丟在八高、八高就會幫忙照顧，那以後不斷有人來丟貓丟狗，那怎麼辦？因為自己不能養，就希望養在學校，這種想法不是很奇怪嗎？這樣太輕率了吧？」

聽著「輕率」這兩個字，優花看著籠裡的光思郎。

如果是剛出生沒多久的可愛小狗，可能早就被領養了吧。

望向外面，自己的身影映在窗玻璃上。

已經不是小孩，卻也還沒變成大人。沒有特別優秀，但算不上完全不成材。不上不下的存在。光思郎跟自己還真像。

她忍不住脫口而出：

「或許很輕率吧。」

所有人的視線都集中在她身上，優花一時語塞。她深吸一口氣，又重複了一次一樣的話。

「這樣做或許很輕率，那對於一隻不小心闖進學校的狗，我們視而不見、見死不救會比較好嗎？我們到底該怎麼做呢？什麼才是不輕率的作法呢？」

「這個問題真不容易回答。」

說完這句話，校長陷入深思。大家也都沉默了下來。

優花受不了這種沉默，低下頭。

自己好像說得太過分了。而且說那些話也無法解決任何問題。

房間一角突然響起類似拍手的聲音。

那聲音給優花帶來了勇氣，她抬起頭來。

她跟畫架前的早瀨四目相對。對方筆直地盯著她。

他用手指彈著畫紙，發出清脆的響聲。

早瀨一邊用布擦拭指尖，起身說道：「不好意思。」

「我是三年級的早瀨光司郎，我跟那隻狗沒有任何關係啦……。」

早瀨走進籠子，抱起睡著的光思郎。

「老實說，我跟這隻狗沒有太深的感情。不過大家擅自替他取了我的名字之後，結局是要送去動保防疫處安樂死，這感覺實在很不舒服。」

醒來的光思郎將前腳放在早瀨肩上，聞著他脖子的味道。雖然說沒什麼感情，可是早瀨卻溫柔地撫著牠的背，然後將光思郎交到校長手中。

出乎大家意料，校長竟也熟練地接過，輕輕嘆了一口氣。

「早瀨同學，把動物交給動保防疫處也不見得馬上會安樂死。有時候也能順利找到認養的人啊。」

「或許吧。」早瀨站在校長面前。

「公立小學裡可以養兔子養雞，那為什麼公立高中不能養狗呢？」

「說得有道理。」

五十嵐頻頻點頭，看著校長。

「小學生都能好好養動物，八高的學生一定也沒問題的。八高養狗，澀谷車站前不是有隻狗叫八公嗎，聽起來挺時尚的，對吧，光思郎？」

「是跟我說還是跟狗說？」

「都是。」五十嵐伸出手，從校長手裡接過光思郎。

「怎麼樣？如果學生願意負起責任照顧，我們美術社也可以暫時提供社辦的空間。這是我身為社團顧問的想法。」

「畢竟沒有前例。」

五十嵐懷中的光思郎想要回到校長手裡。看著牠這樣子，校長繼續往下說：

「不過……好吧。我就答應你們直到飼主出現之前可以養牠。但是如果對其他學生或者校方帶來麻煩，我會立刻研究新的處理方法。」

「老師。」藤原舉起手。

「這樣代表OK了對嗎？……我再重說一次。您願意提供光思郎住處，對嗎？」

「沒有錯。你們盡快確定負責照顧者的窗口，跟我報告。」

校長站起來看著所有人。

「你們要認真想想，責任是什麼，掌管一條生命又象徵著什麼。」

獲得校長許可後，光思郎開始在美術社社辦生活，「照顧光思郎會」的照顧者代表，決定由學生會的執行部來兼任。

十月初，優花抱著一袋麵包，探頭進了美術社社辦。

自從她打算塞給早瀨麵包那天之後，他就沒來過店裡。之後這幾天他請假沒來學校。聽說九月初他爺爺病危後，雖然身體一度恢復，可是進入九月下旬之後病情又再次惡化。

今天早瀨久違出現在學校，放學後也穿上了工作服站在畫架前。他一臉嚴肅，不斷用手指彈著畫紙。

優花怯生生地走近早瀨。

早瀨站在美女石膏頭像前，正專注地動著筆。

「早瀨，方便打擾一下嗎？」

早瀨畏光般地瞇起眼，停下手上的動作。

「那個，我可能會講有點久……。」

早瀨抓起放在旁邊椅背上的制服胡亂一丟，向優花示意那個地方。好像是要她坐下的意思。

優花在他旁邊坐下，他似乎不想被人看見畫，挪了挪畫架的位置。

「不好意思打擾你了。不過上次那件事，我想跟你道歉跟道謝。」

「哪件事？」

「跟校長討論的時候，你當時拔刀相助啊。」

「拔刀相助？這說法還真古典。」

「但真的是這樣啊。本來心情很低落、差點喘不過氣來。謝啦。」

早瀨微微笑了。工作服胸前有橘色繡線繡的名字。

「早瀨，你的工作服是為了畫畫專門訂製的嗎？」

早瀨看看胸前的刺繡。

「這是我爺爺的舊衣服。精煉廠工作時穿的。」

「你爺爺還好嗎？」

「不知道。」早瀨喃喃說道。

「因為不知道，所以每天早上都會查看潮汐的時間。」

「你說滿潮或乾潮之類的？」

早瀨點點頭，輕碰了一下左胸的刺繡。

「聽說人的靈魂會在乾潮的時間離開身體。所以九月開始我每天早上都會看一下報上寫的時間。」

「那今天乾潮的時間……。」

「已經過了。」

早瀨虛弱地微笑。

「那就放心了。」

正要往畫架伸手的早瀨停了下來，看著優花。

「怎麼了？我說了什麼奇怪的話嗎？」

「沒有。」早瀨垂下眼。

「妳要道什麼歉？」

「這個。」優花將帶來的麵包放在自己腿上。這是早瀨常買的吐司，有兩斤。

「上次之後你就沒來我們店裡了不是嗎？我有點在意。」

「那是因為在忙爺爺的事。」

「我覺得應該是自己表達得不好。我說那些麵包要丟掉，其實只對了一半。三明治裡的雞肉會拿出來裝便當菜，巧克力螺旋麵包是我的點心。我自己每天都在吃這些賣剩的東西，所以才隨隨便便塞給你。真的不好意思啊，所以……。」

優花看著放在腿上的麵包。

「不介意的話這個拿去用吧，我放在這邊喔。」

她把東西放在桌上，早瀨看著麵包。

「拿來當我作畫道具可以嗎？這是妳家人一大清早起來辛苦做的麵包呢。」

「這些真的是要丟掉的麵包，也沒有其他用途。所以在你手裡派得上用場是再好不過。你通常都哪幾天來？」

「星期二跟星期四。」

「那如果有賣剩的，我就放在這個位子上。」

「為什麼？」早瀨問。「什麼為什麼？」優花嘟囔著。

「我們是同學啊，我第一次知道麵包可以當橡皮擦用。該怎麼用啊？」

「算橡皮擦嗎……。」

早瀨改變了畫架的方向，讓優花看到他畫了一半的圖。

只用黑色畫的這張美女石膏像讓優花看了瞠目結舌。明明下了許多筆，卻能清楚表現出石膏像的白和亮。

「哇，也太神奇了，畫筆是黑的，看起來卻像白色。」

「本來就想畫出白色，要是看起來不像就糟了。」

「太神奇了。怎麼辦到的呢？」

早瀨左手拿著黑棒，開始畫畫。

原來是左撇子啊。優花出神地看著正描繪出線條的指尖。

早瀨皺起臉，立刻停下動作。他用拇指和食指圍起一個圈，食指彈在畫布上。

「這是在幹嘛？你之前也這樣彈過畫紙吧？」

「這是木炭，要這樣先彈掉多餘的炭粉。」

「為什麼要把粉弄掉？」

早瀨輕聲嘆了一口氣。

「我想重畫。」

「畫錯了嗎？那麵包要用在哪裡？怎麼用？」

早瀨抓起吐司白色的部分，用指尖搓圓。用這團麵包去摩擦剛剛畫出的線，那些線立刻消失得乾乾淨淨。

優花一直盯著早瀨做出纖細動作的大手。
他的手骨節分明，但又長又漂亮。指尖染上了木炭的灰色。
早瀨侷促地說道：
「不要這樣盯著我行嗎？這樣我很難下筆。」
「手指變很黑呢。」
早瀨看了看自己的手掌，輕輕握拳。
「我付妳錢。」
「不用啦。」優花從椅子上起身，對上了早瀨的視線。
「真的不用。你要是願意拿走等於幫了我們忙。」
「總不能免費拿妳東西啊。」
「那之後給我一張你的畫怎麼樣？不用太正式也沒關係，應該說不要太正式的比較好。等以後你成名了，我就可以拿出去炫耀。」
早瀨從腳邊的包包拿出素描簿，取出幾張畫。優花本來以為他要給自己那些畫，結果早瀨把整個素描簿遞了過來。
「這個。」
翻開頁面，裡面是用鉛筆畫的光思郎。在草地上睡得很舒服的樣子。

「好可愛！這個可以給我嗎？太棒了吧。」

下一頁是光思郎跟社員一起玩的樣子，第三頁是乖乖坐下的樣子。之後是很多張還沒有畫的白紙。

「早瀨，還剩很多白紙耶。」

「妳拿去用啊，當計算紙什麼的。」

「這麼漂亮的紙，怎麼能拿來當計算紙呢。」

「可以啦。」

早瀨很堅持將素描簿塞給她，繼續面對畫架。可是他馬上又皺起眉頭，彈著圖畫紙。

「抱歉，打擾你了。希望你爺……。」

「希望你爺爺康復」這句話說到一半，優花收了回來。

正因為沒有希望，所以他才每天早上害怕看到乾潮的時間吧。

「謝謝妳，優花花。交了男朋友要跟我說喔！我一定會幫妳的！」

除夕夜，聽著電話那頭的朋友叫著自己國中時期的綽號，優花笑了。

放下話筒爬上樓梯，二樓客廳傳出光源氏的〈銀河天堂〉。

爺爺他們正在看紅白歌唱大賽的轉播。

前天結束了今年年內的工作，今天早上爺爺和父親就開始悠閒地喝起酒。

今年因為住院中的天皇陛下病情堪憂，秋天尾聲開始許多活動就漸漸自主取消。原本聽說除夕慣例的NHK紅白歌唱大賽也會因此取消，不過還是照往例上演了。

「優花。」正在廚房裝盛年菜的母親叫了她一聲。

「妳會去雅美家玩嗎？」

「會。我們今年也要去敲鐘。」

「感情還真好。」

優花跟從小一起長大的雅美上國中之後每年兩人都會一起約在除夕夜去敲鐘。從這一天到元旦，地方上的寺廟境內都會點起盛大的篝火，方便來敲鐘的參拜者。

不過今年雅美好像要跟她同高中的男友一起去，說是要製造高中最後一年的回憶。因為不方便告訴父母親，所以剛剛打電話來拜託，希望優花幫忙串供說要跟自己一起去除夜敲鐘。

汪！聽到了一聲小小的狗叫聲。

客廳傳來爺爺「喂！」的喊聲。

「優花，在叫了喔。」

「我聽見了啦。媽，我上去一下。」

回到三樓房間，優花把光思郎從籠子裡放出來。

過年假期不能進出學校，本來工友藏橋願意把光思郎帶回家，沒想到他得了流感。於是決定由優花在家裡不開店的時間暫時收留。學校四號之後才能進去，之後「照顧光思郎會」的成員會每天到美術社去照顧牠。

「光思郎，你剛剛是不是在說『快到了喔』，對吧？」

光思郎輕輕舔著優花的手，跑向窗邊。

「我猜對了嗎？不是嗎？算了，無所謂。來了叫我喔。」

優花對悠哉躺在窗下的光思郎這麼說，翻開了英文參考書。

從秋天尾聲開始，她全國模擬考的排名就大幅攀升。

自從星期二和星期四放學後開始把麵包送到美術社社辦之後，她突然開始進入用功模式。將賣剩的麵包交給早瀨，簡單聊一兩句、看看他的畫。之後在社辦替光思郎刷牙、帶牠去散步，然後再離開學校。

回家後她一邊看店一邊抄寫英文句型背誦。看到為了準備考試每天都在練習術科的早瀨，自己也忍不住想做些什麼。

光思郎身體一抽，突然爬起來。

牠坐在窗下，姿勢像隻㹴犬，好像正在側耳傾聽著什麼。

抬頭看看時鐘，優花走近窗邊。

九點十七分。通常這個時間再過不久早瀨就會騎著自行車經過鹽見麵包工房前。去名古屋補習班的日子，早瀨都是將近九點半經過店門前。進入十二月後，晚上不需要看店的日子等著看早瀨的身影成為她的習慣。有時早瀨會剛好抬起頭看著這棟建築。那一天優花總是特別開心。

優花從窗簾縫隙間望著家門前那條路。今天是除夕，補習班應該沒課吧。早瀨可能不會經過。

不過看光思郎這個樣子，總覺得他應該正在接近。

看著街燈照亮下的馬路，她心想。

早瀨有沒有去敲過除夜的鐘？

去東京上大學後，他應該再也不會回到這個地方，年底可能會跟朋友去滑雪或出國旅行。就像朋友那些哥哥一樣。

（製造高中最後一年的回憶）

耳邊回想起雅美這句話。

「光思郎，早瀨來了要告訴我喔。」

優花帶著浮躁的心情，再次面向書桌，伸手去拿放在眼前裝飾的早瀨那本素描簿。撕下一張空白的紙。

握著筆，煩惱了很久，還是慢慢仔細地一個字一個字寫下。

要不要去敲除夜的鐘？

YES就站騎，NO就坐下。

指定好家門前這條路盡頭的國中自行車停放處作為約定地點，還寫上時間「晚上十二點」。優花抑制著亢奮的情緒，用這張厚紙折成紙飛機。

早瀨可能不會出現。到時為了幫忙雅美圓謊還是得出門，跟光思郎一起在家附近慢跑就行了。

光思郎站了起來，激烈地搖尾巴。牠跳起來好幾次，試圖爬上窗戶。

「光思郎，不會吧、不會吧！」

優花拿著紙飛機，站在窗邊。

她抱起光思，再次從窗簾縫隙往外望。

遠處有一盞自行車的車燈，從田間這條唯一的道路晃呀晃地慢慢接近。

經過街燈下時，映照出黑暗中早瀨身穿深藍外套的身影。就像一瞬間有聚光燈打在他身上一樣。燈下的他身影變得特別龐大，逐漸接近眼前。

不管是雨天或者雨雪交雜的日子，他都一樣將裝了畫材的大行李放在自行車上，筆直地騎過這條路。

看到他這個樣子就不由得湧現出勇氣，堅定覺得自己也該好好加油。

聽見了自行車鏈條的吱嘎聲。

隨著那規則的聲響，早瀨也漸漸接近家門前。

光思郎朝著遠方的他叫了起來，他抬頭看著三樓。

優花單手拉開窗簾，打開窗戶。

夜裡的寒氣灌進房間裡。

她對一臉驚訝的早瀨微笑了一下，然後筆直地射出紙飛機。

瞄準他胸口射出去的紙飛機乘著風，飄呀飄地飛向剛收割完的田那邊。

抱在左手裡的光思郎叫得更起勁了。

早瀨看到紙飛機，放下自行車腳架追了上去。他抓住輕盈飛舞的紙飛機，背向著街燈照著早瀨的背。

優花攤開紙飛機。

早瀨把紙飛機塞進外套口袋，回到自行車上。

他踢起腳架，坐上座椅。自行車靜靜地往前進。

NO。

也是……。

那個瞬間，早瀨倏地起身。自行車速度漸漸加快。

早瀨沒有坐在座椅上，就這樣一口氣奔過田間。

跟光思郎一起目送他遠去的背影後，優花倒在床上。

「YES！是YES，OK了，光思郎！」

埋在床上的臉往旁邊一轉，光思郎正在偷看著自己。

「光思郎，我要跟早瀨……。」

一想到之後的事，臉就猛然一熱。

為了掩飾自己的難為情，她雙手抱起光思郎。這時剛好看到白色毛衣的袖子。

「天啊，怎麼都是毛球，丟臉死了！我剛剛竟然穿這樣出現在早瀨面前。」

優花迅速從床上起身，打開衣櫃。

「光思郎，你覺得我該穿什麼好？」

白色牛角釦外套怎麼樣？去年買的，但是因為怕髒幾乎沒穿過。

穿上外套，仰頭看的光思郎搖著牠的白尾巴。

「喜歡嗎？那我就穿這件吧，跟你一樣白色的。」

白色外套下搭配黑色高領毛衣跟紅色花呢格紋裙怎麼樣？試著套上格子裙。不會過短也不會太長，還不賴。

正想套上黑毛衣時，聽到母親的聲音。

「優花，下來一下，妳爸在叫妳。哥哥也回來了喔。」

「我再看一下書。」

「妳爸說有重要的事，快下來。蕎麥麵也快煮好了。」

下到二樓，爺爺奶奶和父親坐在暖爐桌裡，哥哥坐在沙發上看電視。母親坐在餐桌上，優花也坐到她身邊。

「喔，優花。」哥哥輕輕舉起啤酒。

「妳也稍微喝一點嗎？」

母親阻止了哥哥：「優花還早啦。」

「喝一點有什麼關係？媽妳就是太古板了，算了算了。不過優花妳是怎麼了？沒喝酒臉怎麼這麼紅？」

「啊？喔，有嗎？」

優花把手掌當扇子一樣前後揮著，三樓傳來光思郎的叫聲。

哥哥啐了一口。

「吵死了，到底要放在家裡多久啊。」

「到三號。抱歉，我還是上去吧，光思郎應該是怕寂寞。」

「不、優花。」父親開了口。

「我跟妳聊聊升學的事，之前太忙一直沒時間談，家長面談的事我聽妳媽說了。狗帶到二樓來吧。聲音聽起來確實挺寂寞的哪。」

之前在京都學做麵包的父親一放鬆下來，說話就會有種說不上是哪個地方的柔軟方言腔調。

爺爺老是說他聽起來柔弱，不喜歡他這種說話方式，但是今天爺爺沒有說話。

父親抬頭看看三樓，對爺爺說：

「怎麼樣，就今天一天把狗帶下來應該可以吧？就當是為了優花。」

爺爺無言地搖頭，奶奶則露骨地皺起臉。

「不行不行，我才不要跟畜生待在一起。那隻狗來了之後優花身上都是動物的臭味。」

「奶奶，真的那麼臭嗎？」

明明已經很小心，還是有味道嗎？

母親把牛奶倒進光思郎專用的碗裡。

「小狗應該是肚子餓了吧。我上去看看。」

母親拿著碗上了三樓。

「那我們先談談吧。優花最近很用功呢。」

父親將優花昨天交給母親的模擬考成績放在暖爐桌上。

這次模擬考她在國立大學的志願學校排行都進步了，可以進入歷史悠久、創立於戰前的名校。那間大學的合格判定為B等級，之前填的志願學校都判定為A。其中一間很難考的東京私大她只填了某個學系，結果也是B。

父親將模擬考成績遞給爺爺。

「爺爺你看，這裡，ABCDE五等級。優花之前都是B或C，現在幾乎都是A或B。早稻田也是B。之前還是D呢。」

「我說不定可以考上早稻田。如果只有文科的三科目，那應該滿有希望的。」

「這種東西我也看不懂。」

爺爺將模擬考的判定表丟在暖爐桌上。

「早稻田？男孩子也就罷了，讓女孩子去東京上私立大學幹什麼？」

「我也沒有說非去不可，但是……至少讓我考考看可以嗎？就當作紀念。」
「不去上的大學考了有什麼用？」
「我想看看自己實力到哪裡啊。爺爺我知道啦，我只能上從家裡能通學的大學。」
優花看著模擬考成績。
「可是看到孫子成績進步，通常都會稱讚兩句的吧……。」
「妳是因為想被人稱讚才念書的嗎？」
「我又不是這個意思。」
「爺爺，你不要老是對優花說話這麼苛刻。爸爸覺得優花很棒啊，讓我很有面子。爺爺，喝吧。」
父親拿起酒壺，在爺爺杯裡倒了酒。爺爺直接用嘴去接倒得太猛溢出來的酒，呼嚕嚕地吸嗦。
「啊，好酒好酒……。優花啊，妳聽好了，就算稍微會念書，也不能太驕傲。」
「爸！」說完後父親又改口：「爺爺。」
「優花沒有驕傲。」
「我只是提醒她不能驕傲而已。」
爺爺津津有味地喝著酒，擦了擦嘴角。

「知道嗎，世界上還有比學校功課更重要的東西。看看妳你哥，他國中、高中確實不懂事，但現在已經是這個家稱職的長男，支撐著家裡的業務。阿勇，來，你也喝一杯。」

「日本酒啊？我比較愛喝啤酒耶。好吧好吧。」

哥哥坐在爺爺身邊，開始喝酒。

奶奶開心看著爺爺、父親、哥哥三個男人並肩喝酒的樣子，開始剝蜜柑。

「優花也吃點蜜柑吧，皮膚會變漂亮喔。」

她並不想吃，但還是安靜地把奶奶剝好的蜜柑放進嘴裡，用臼齒狠狠咬著吃下，冰冷的果汁在口中散開。

「好吃吧。」奶奶說道，溫柔地瞇著眼。

「比起在東京孤孤單單一個人吃飯，還不如一家人熱熱鬧鬧一起吃，當然更好吃。」

「一點也沒錯。」爺爺點點頭。

「不管怎麼樣家裡都是最好的。大家一起吃，吃什麼都覺得好吃。」

三樓傳來光思郎的叫聲。母親正努力地安撫：「安靜一點、安靜一點。」

聽到母親顧忌著樓下拚命安撫的聲音，她忽然湧起一股怒氣。

「是嗎？」

優花嘴裡吐出蜜柑的薄皮，用面紙包起來。

「覺得大家一起吃比較好吃的只有爺爺跟奶奶吧。你們當然開心啊，吃飯的時候你們老是對我跟媽口不擇言，想說什麼就說什麼。」

奶奶嘆了口氣，搖搖頭。

「喔喔，真嚇人。這種講話帶刺的個性是像了誰呢？」

「爺爺奶奶為什麼老是稱讚哥哥，只對我說難聽話呢？」

「好了好了，優花跟奶奶都別再說了。」

父親制止了還想再說話的奶奶。

「大過年的別吵架，開心一點啊。優花說話帶刺？像誰？當然是像奶奶啊。大家都少說兩句。我要跟優花談升學的事。」

「爸，在那之前我有話跟優花說。妳剛剛說只有我老是被稱讚？那妳做過什麼值得被稱讚的事嗎？還不會賺錢就說什麼想考個紀念，只會說這種花家裡錢的話。」

「你憑什麼這麼說。哥你高中的時候也還沒賺錢吧！」

「喔！奧運選手來了！」爺爺提高電視的音量。

在回顧今年的影像裡，出現了漢城奧運裡大展身手的日本選手。

「還有這些高中球兒，運動選手真是清新爽朗。妳看優花，那些滿頭大汗在努力的人臉上都那麼有光采。」

「爺爺，你為什麼願意稱讚運動選手，卻一直挖苦努力用功的孫子呢？努力用功跟努力運動的人有什麼不一樣？」

哥哥仰頭喝乾日本酒，把杯子用力放在茶几上。

「妳真是一點也不可愛。聽好了優花，我告訴妳，出了社會妳就會知道，會念書跟腦筋好完全是兩回事。看那些客戶就知道，就算是好大學畢業的，也一點用都沒有。」

「那個人只是跟你不和吧？再說我腦筋也沒多好，只是我們家程度太差而已。」

正往爺爺酒杯倒酒的父親停下手。「也對。」父親淒然一笑。

「爸爸只有國中畢業，爺爺連小學都沒畢業。這就叫歹竹出好筍吧，所以我大概不太懂優花的心情……。」

「不是，我不是這個意思……。」

電視聲音顯得格外地大。父親拿過遙控器，關掉電視。

走下樓梯的腳步聲傳來，母親走進客廳。

「怎麼這麼安靜？電視呢？」

奶奶粗暴地剝起第二顆蜜柑。大概是指甲摳到了，噴出一點點果汁。

「真是的。」奶奶噘著嘴。

「優花說她無論如何都要去東京。」

「我沒有這樣說！」

「你怎麼搞的？」母親譴責地看著父親。

「不是說了要好好講的嗎？」

「就是啊，優花。」

父親從暖爐桌旁拿出一個信封。

「爸爸贊成妳去考東京的大學。我是因為要說這個才叫妳來的，都是大家一直插嘴。」

「啊？」優花輕呼了一聲，看著父親的臉。

父親從信封中拿出一份寫著「考生旅宿」的手冊。

「妳媽把詳細狀況都跟我說了。優花想考的科系，還有考試日期我都查過了，昨天我去訂了考生用飯店。」

打開印有交通公社商標的信封，裡面放了新宿飯店的預約單。

「這是爸給妳的壓歲錢，裡面還有新幹線的回數券。」

「為什麼需要回數券……。」

「如果考上了不是得再去一趟找房子什麼的嗎？再不然可以跟妳媽去東京迪士尼樂園玩玩。不會浪費掉的。」

哥哥哼了一聲站起來。

「什麼嘛，爸每次都這樣寵優花！」

「我買了車給你，優花沒有車，我送她去上大學。這件事就這樣決定。誰都不要再說潑優花冷水的話。」

雙手接過父親給的信封，眼淚撲簌簌地掉下來。

「爸，謝謝……謝謝。」

「別哭，還看不看電視了？」

拿過遙控器，父親打開電視電源。爺爺翻身一躺，奶奶不開心地吃著蜜柑。

紅白歌唱大賽結束，開始播放「辭舊迎新」。

為了改變這尷尬的氣氛，母親開朗地問：

「優花，妳跟朋友約的時間快到了吧？」

優花擦擦眼淚，站起來。

在二樓的洗臉台洗了臉，回房間穿上外套。

看看鏡子，剛剛哭過的臉眼睛很腫，頭髮也很亂。梳了梳頭髮，把裝了護唇膏的小化妝包和零錢包收進口袋。

一拿起牽繩，光思郎就開始亂跳，大概是知道要外出了。好不容易抱住光思郎，下了一樓。

「光司郎也一起嗎？」

「嗯……。」

下了樓，母親這麼問，她聽了一驚，手上的牽繩掉到了地上。

母親撿起牽繩，裝在光思郎項圈上。這時她才察覺母親指的不是人的光司郎而是狗的光思郎，連忙回答：

「當、當然啊。我帶牠一起去。」

優花轉過身去不敢讓母親看到自己的臉，從鞋櫃裡拿出黑色麂皮繫帶皮鞋。背後傳來一個小小的聲音。

「別說什麼去考個紀念，優花，妳一定要考上啊。」

轉過頭，母親將光思郎的牽繩遞過來。

看到母親粗糙乾裂的手指，她小聲回答：

「應該不可能吧。要跟全日本的考生競爭耶。而且萬一、萬一我考上了……如果我去了東京，媽妳一個人太辛苦了。」

母親搖搖頭。

「一點也不辛苦。我要是離開這個家，頭痛的是其他人。如果我真的生氣沒人吵得過我。但是我不會生氣，因為我沒有家可以回。」

出生在滿洲的母親被遣返回日本後父母親和姊姊都過世了，她被膝下沒有子嗣的伯母夫婦收養。伯母夫婦現在已經過世，她沒有其他可以依靠的親戚。

「但是優花不一樣，妳有家可以回，媽守著的這個家。所以妳可以全力以赴。爸媽都支持妳。」

母親蹲在光思郎前，摸著牠的頭。

「跟光思郎好好去參拜吧。」

總覺得母親好像知道早瀨的事，她回答的聲音變得很小。

「……光思郎，過來。」

來到屋外，吐出的氣息都是白色。優花呼氣溫暖著凍僵的手，抬頭仰望星空。

把東京的大學放到志願當中，只是為了試試自己的實力。剛剛對爺爺說的那些話並不假。

但是收到前往東京的車票時，還是止不住眼淚。

對這個地方她沒有什麼不滿。
也並不討厭自己的家人。
可是心卻總是有些躁動，很想看看陌生的城市──。
母親說，可以全力以赴。
優花輕輕搖頭，往前奔跑。
她害怕失敗。她很清楚，就算考上，也一定會對自己的平庸感到絕望。
啊～。不由得長嘆一聲。
身邊的光思郎叫了一聲後，開始往前跑。
就算是這樣，還是想去東京看看──。
可是……。
雖然沒有那個意思，剛剛還是傷害了父親。
「啊！」
黑暗當中，雪白的狗往前奔跑。她跟狗的背影，跑在夜晚的馬路上。
路的前方是跟早瀨約好的國中。
氣喘吁吁，腳步也有點踉蹌。大概是突然跑這麼長一段路，喉嚨深處冒出一股血腥味。

停下腳步，優花跪在路上。

這時手上的牽繩掉落。光思郎沒有停下，繼續往前奔跑。

「啊，光思郎！等等，回來！光思郎！」

她很想追上去，可是站不起來。優花手撐著地面，試圖調整呼吸。

她奮力站起來，此時早瀨已經出現在遙遠前方的校門前。

光思郎停下腳步轉回頭，伸出舌頭粗聲喘著氣，激烈搖尾巴搖到都快斷了。

「好啦，你先過去吧。」

光思郎像支白箭一樣迅速奔向早瀨。早瀨一蹲下，牠就直撲向他的懷抱。

這一刻優花稍微閉上了眼。狗的坦率真是讓人羨慕。

早瀨撿起光思郎的牽繩站起來。他身上穿著黑色風衣還有同色牛仔褲。跟在學校時差不多的深色裝扮。優花突然覺得穿上心愛白色牛角釦外套的自己有點難為情。

早瀨跟光思郎一起跑過來。

優花一邊調整自己紊亂的呼吸，慢慢走向早瀨。

「沒事吧？」對方擔心地問。

「我剛剛只想到要先抓住光思郎，瞄見妳跌倒了嗎？」

「抱歉抱歉，被你看到這麼奇怪的樣子。我沒跌倒，只是剛剛跟光思郎一起跑過來，喘不過氣，然後沒站穩而已。」

早瀨語帶遲疑地問：

「發生……什麼事了嗎？被家裡人罵了？」

「也不算被罵吧，就是……因為考大學的事發生一些爭執。就……真的……很多問題啦。」

早瀨胸前發出一股很好聞的香氣。仔細一看，顏色雖然跟制服顏色一樣，但是黑色牛仔褲讓他腳看起來更長、更成熟。

優花摸著頭髮，低下頭。

其實很想好好吹整一下頭髮再出門。剛剛連換毛衣的時間都沒有，身上還是那件滿是毛球的白毛衣。

實在太丟臉了，說話的聲音不由得變得僵硬。

「那我們走吧。」

「除夕敲鐘是不錯，不過……。」

早瀨望向鈴鹿山那邊。山上點點閃爍的光，是前往御在所岳山頂的纜車鐵塔發出的光線。

「……要不要去高的地方看看？」

平常不說方言的早瀨，優花聽到他現在的腔調也不知為什麼突然紅了臉。

優花蹲在光思郎面前摸著牠的背。

「要搭纜車嗎？應該還沒開吧？」

從御在所岳山頂看元旦日出，可以看見從伊勢灣中升起的太陽。天氣晴朗的時候遠方還可以看見富士山。

「對，應該還沒開。」聽到回答優花抬起頭，早瀨臉上掛著溫柔的笑。

「聽說元旦這天早上五點左右才開始，而且也有點遠。挑座走得到的山吧。」

「哪裡？」

早瀨指著眼前這座里山。

大約二十分鐘左右就能爬上的那座山頂上，有包圍在櫻花樹之間的毘沙門天和七福神的神宮。國中時的寫生或馬拉松大會經常會去那裡。

「這座山？這麼近，可能會遇到認識的人吧？」

「稍微遠一點的地方，有個適合看夜景的地方。」

「不危險嗎？」

「不用擔心。」早瀨蹲下來，摸摸光思郎的頭。可能是因為被兩個人摸摸覺得很高興吧，光思郎的尾巴快速地擺動著。

「有這傢伙在，沿路也都是鋪了柏油的馬路，都有街燈。再說今天晚上神宮裡有篝火，還會發甘酒跟關東煮。」

「早瀨，你是不是被食物吸引過去的？今天晚上到處都會發甘酒啦。」

早瀨停下摸光思郎的手。他有點惆悵地說了聲：「真的嗎？」然後開朗地笑了。

「其實被食物吸引的是我啦。每年我都會去喝寺廟發的甘酒。」

「妳喜歡甘酒？」

「喜歡！」

其實她沒那麼喜歡甘酒。但還是帶著一些別的心情，說出了「喜歡」。

「那我們走吧？」早瀨站起來，往里山的方向走。

這條路沿著山的斜面劃出一條徐緩的弧形，前往山頂。兩人慢慢走著，對話還沒熱絡起來，就到了山頂。

看看時間，已經將近午夜零點半。在巨大篝火照亮下，廣場很明亮。來參拜的人都笑著問候彼此新年快樂。

「廣場後面有一個視野很開闊的地方。」

在長凳吃完發放的食物後，早瀨指向一條跟來時不一樣的路。

他指尖前方是一條通往森林深處的道路。在月光照亮下，路面顯得皎白光潔。

「走吧。」早瀨招呼了一聲，優花站起來。

「等等，我先去洗個手，沾到關東煮的湯汁了。」

來到廣場的廁所，優花整理了頭髮，從外套口袋拿出化妝包。裡面除了護唇膏，也放了她最寶貝的口紅。

表姊送她的這條迪奧的口紅，上面寫著「TIBET」幾個字，深藍跟寶藍的六角形盒子很漂亮，她一直很珍惜。

輕輕塗上，嘴唇染上帶著一抹藍的粉紅。在日光燈下那顏色看起來很不健康，她連忙用面紙擦掉。

不由得嘆了口氣。表姊擦起來很好看，自己卻一點也不適合。

她改塗上潤色護唇膏，急忙回去找早瀨。

早瀨正在葉片落盡的大櫻花樹下摸著光思郎的耳後。

兩人一狗漸漸遠離廣場的喧鬧。

抬頭看看夜空，天上高掛著一輪大月亮。不講話好像有點尷尬，她刻意比平時更開朗地說：

「月亮好亮喔，真漂亮。」

早瀨停下腳步，抬頭看月亮。

「潮汐那件事，結果是假的。」

「潮汐？」

「乾潮。」

早瀨繼續往前走，換作是平時，並肩走著會很難為情，不過有光思郎在就可以自然地肩並肩。

他聲音沉穩地說：

「潮水受到月亮的引力影響，會重複出現滿潮乾潮現象。人的身體裡同樣也有這種潮，可能叫血潮吧。聽說人會在滿潮時出生、乾潮時死亡。之前我是這麼聽說的，但是我爺爺去世的時間跟乾潮一點關係也沒有。」

原來是這樣啊。她只簡單地應了一句，走了好一陣子都不知道該回什麼話好。

早瀨的爺爺在十月底過世。優花代表班上和美術社去參加葬禮，看到身穿八高制服的早瀨看似保護著個子嬌小的母親，對前來弔喪的客人低頭致意。

光思郎開始聞起路邊野草的味道。早瀨放慢下腳步。

「這條路很不錯吧？我需要想事情時經常會來這裡。」

「我在這附近出生長大，從來不知道有這條路。」

「這是我爺爺告訴我的。比起妳，我爺爺在這裡生活的時間長多了啊。」

早瀨的聲音好像有精神了一點。在他的影響下，優花也稍微激動了一些。

「我的行動範圍很窄。學校、家裡、學校、家裡。偶爾去書店看書、買唱片……最近應該是買CD吧。大概都是這樣。」

「妳都聽什麼？」

「之前喜歡BOØWY，但是他們解散了。現在我經常聽冰室京介《FLOWERS for ALGERNON》這張專輯。早瀨你都聽什麼？」

「倒沒有特別聽什麼，剛看完《獻給阿爾吉儂的花束》這本書……這邊。」

走到道路旁，眼前的視野突然開闊。

腳邊像有無數的光粒在閃爍，無邊延伸。遠方可以看見群山的深色輪廓。

「這裡還滿高的嘛。」

「剛剛應該都沒有下坡，標高跟山頂的神宮差不多。這裡以前有山，鏟掉後開發了山腳下那片住宅區。」

眼下那片整齊的光點，就是大規模開發的住宅區發出的光線。早瀨指向某個方位。

「我家大概在那邊。我們面前遠方是岐阜縣的養老山地，左邊妳應該知道吧？是鈴鹿山脈。今天空氣很清澈，所以光可以看得很清楚。」

「每天會不一樣嗎?」

「對。」早瀨溫柔地回答,他抱起光思郎。

「空氣清澈的時候光點的閃爍會比較強、看起來有暈染的感覺。尤其是白天,不同時間風景的色調會不一樣。這是因為光量和照射角度不同的關係。如果掌握到這些要點……抱歉,這些話題很無聊吧。」

話說到一半,早瀨有些尷尬地停了下來。

「一點也不無聊。你剛剛說掌握到光線之後怎麼樣?可以表現在畫畫上嗎?」

「大概就是這樣。」早瀨的聲音聽起來沒什麼興致,他把光思郎放到地上。

「早瀨,你的名字有執掌光線的意思,真的人如其名耶。」

「我死去的父親以前是開照相館的。」

「從爺爺那一代就開始了。」早瀨仰望著夜空。

「因為照片司掌光線,所以我叫光司郎。我父親的名字是治理光線、光治。那妳名字是怎麼來的?」

「優花嗎?因為我四月出生。其實本來要用『櫻』這個字,不過鄰居剛好有個同樣名字的女孩,就取『優婉櫻色之花』的意思,叫『優花』。」

「優花的花原來是指櫻花啊。」

「這是秘密喔……其實也沒什麼好保密的啦。」

「以後看到櫻花就會想起來。這個地方妳也要替我保密喔。」

「早瀨，你說話怎麼跟小學生一樣。」

優花笑著，輕拍了早瀨的背，聞到一股淡淡柑橘的香氣。

「好香喔，這是Portugal嗎？」

看著夜景的早瀨轉過頭。

「妳怎麼知道？」

「以前我哥用過，他高中時去約會都一定會噴。」

優花覺得身上什麼香味都沒有的自己很難為情，摸著自己長到胸前的頭髮。有股淡淡的香味。可能多虧了昨天晚上洗頭髮的時候用了很多蒂沐蝶的潤髮乳。

抬起頭，剛好對上早瀨的視線。她有點害羞，不由得垂下眼。

手指輕輕碰了碰嘴唇，很乾燥。手伸進口袋想拿護唇膏，但是在早瀨面前也不好意思塗。

啊～。優花嘆了口氣，蹲在光思郎面前。

「……我真的是什麼事都做不好。」

「什麼事？」早瀨問。

「很多啊。希望上大學之後可以好好過日子。但是在那之前，就算沒能好好過日子也沒辦法吧……。現在也不能分心想打打扮自己什麼的，畢竟得專心考試。」

沉默了一陣子，「對啊。」早瀨悄然說道，轉身背向優花。

「再過不久就是第一次統測了。鹽見妳打算考哪裡？」

「我應該會上這邊的大學吧。但是東京有一間私立我想去考考看。應該不會考上啦，考個紀念。」

「還能考個紀念，果然是大小姐。」

「才不是呢。剛剛也是因為這件事跟家人吵起來。……你呢？都考東京的學校嗎？」

早瀨說了一間東京的美術大學和當地大學教育學院的名字

「就兩間？私立你要考哪裡？」

「不考，只考國立。我爸留給我的錢我都拿去付補習班學費了，以後也領不到爺爺的年金。……這話題真的很無聊吧。我們走吧，光思郎在打呵欠了。」

早瀨背向夜景快步往前走，光思郎跟在他後面。

優花也急忙拿起牽繩站起來。

「一點也不無聊，這些都是很重要的事啊。」

「妳聽起來應該覺得離自己很遠吧。」

早瀨走回剛剛來的那條路，在街燈下脫下手套遞給優花。

「變冷了。」

「沒關係。你用手指的機會比我多多了哪。」

為了緩和氣氛，她故意說著方言的腔調，但早瀨並沒有笑。

「藝大不太看第一次統測的分數，一切都看第二次術科考試的成績。但是妳要考的學校應該不一樣吧，別感冒了。」

早瀨搶過光思郎的牽繩，開始快步往前走。優花追在他身後。

她聽以後想當美術老師的笹山說過。

早瀨想考的藝大是全國最頂尖的學校，其中最難考的科系得考三天。他們的術科考試要用半天到兩天的時間完成一件作品。

通常考試絕對不能看隔壁的答案，可是美術科系的術科考試可以完整看到其他考生的作品進度。聽說很多人會因為自己作品的進度較慢，或者看到他人更出色的作品被削弱意志，自己先舉白旗。

笹山說過，這場考試就像一場長時間赤手空拳的搏鬥。

穿著有點舊的風衣那個背影走在自己前面。

這個人要挑戰巔峰，跟全國考生一決高下——。
永遠認真以對，沒有一絲鬆懈的這個人，會打一場什麼樣的仗呢？
早瀨留在手套裡的溫度傳到指尖。那股溫熱竄遍全身，讓她身體從深處開始發熱。
胸口的悸動漸漸加速。
這股悸動是環繞身體的潮音。血潮的漲退化為這鼓動的聲響。
偌大的明月在早瀨頭上發出光芒。
在這個星球的引力之下，潮汐時漲時退——。
「早瀨。」
早瀨停下來。本來以為他要回頭，但他還是背向著優花。
好想往那個背影伸手。伸出手，將臉埋在厚實的背上。
「早瀨……。」
呼喚的聲音裡帶著一絲惆悵。為了掩飾自己的情緒，她故意誇張地說。
「抱歉抱歉，沒事啦。只是……差點跌倒而已。」
早瀨呼出一口長長的氣，就像在嘆息一樣。
「差不多該回去了，鹽見。」
這麼快就要回去了嗎？其實她很想這麼說，但是嘴唇之間吐出的字句卻是老實的回應：「也對。」

「走吧，光思郎也睏了。」

兩個人中間夾著光思郎，什麼也沒說地下了山。雖然一樣並肩走著，卻感覺比剛剛多了些距離。

這條路連接到國中前的那條。早瀨在通往優花家那條路之前停下了腳步。

「妳一個人走吧。被家人看到跟我一起會被罵的。」

「那你呢？」

「我先看妳平安到家再說。」

早瀨蹲下來，輕撫著光思郎。大概是想睡了吧，光思郎沒什麼太大反應。

走到一半優花回頭，看到早瀨站在校門前。

到了家門前她再次回頭，已經不見早瀨的身影。但總覺得他應該還在哪裡守著，優花雙手捂著發熱的雙頰。

手套裡傳出又甜又苦，一絲微弱的Portugal香。

進入一月之後，天皇駕崩，昭和六十四年短短七天就結束。幾天後就是第一次統測，所以對這件事沒太多印象。

私立大學的考試在一月尾聲從關西地區陸續開始。早稻田大學的考試在二月底。國公立大學考試時，還不知道能不能考上早稻田。

但是考試結束後，包含私立的早稻田大學在內，優花所有學校都合格了。兩所國公立大學也寄來了合格通知。

能考上東海地區數一數二的國立大學，家人們都很開心。就連平常老是愛挑剌的爺爺奶奶也難得地稱讚她。雖然覺得開心，但是面對篤定認為孫女一定會上這間大學沒有一絲懷疑的兩人，優花感到有些難受。

要上能從家裡通學的知名國立大學，還是去東京知名私大？

考慮在家鄉就業的問題，當然是上當地的大學比較有利。

她很清楚這一點，但還是抑制不了想去東京上大學的心情。

跟家人坦白後，爺爺立刻反對，奶奶也哭著說，真不知道這孩子到底是哪裡不滿意。

沒有不滿意。只是想去而已。

她以為沒有人會接受她的答案。但是在父母親的支持下，她還是決定去東京。

三月中旬，趕在期限之前辦好入學手續，她跟父親一起去東京找房子。

雖然實現了心願，但是想到接下來要花的費用，就有些過意不去。

一早到大學的合作社接受租屋斡旋，看了四間後定下第二間物件。決定關鍵在於公寓一樓是房東家，房間牽電話線之前房東願意代接電話。

申請電話權得花將近七萬日圓。父親說要申請權利，但又是租公寓又是添購生活用品，自己已經花了遠比預期更多的昂貴費用，至少電話她想靠自己打工來申裝。

在合作社辦好手續，去跟房東打招呼後就已經傍晚了。討論完搬行李的事之後，兩人走向最近的車站。

前往新宿的電車剛走了一班。

「東京真方便。」父親喃喃道，坐在長凳上。

「錯過一班車馬上就有下一班。不過要是能離學校再近一點就好了。東京的房租真貴。」

「這邊比市中心安靜，我覺得很好。」

「也對。」父親答道，站了起來。

「這裡就是以後優花要生活的地方啊……。」

鐵路沿線的招牌後方，是密密麻麻的房屋。沒有看慣的山景，也沒有拂過水田的風。偶爾如波浪般傳來的聲音不是海，是大馬路上來回的車流聲。

在那波浪般的聲響之間，傳來了一個小小的聲音。

「優花，妳不要怪爺爺奶奶。」

「我知道啦……。」

「他們兩個都不是討厭妳，只是從早到晚都關在工房工作難免覺得很窒息，有時候會想發洩一下。說那些話他們會舒服一點，所以我隨他們說，要是說得太過頭再拉回來。我打心底覺得對不起妳媽。這就是妳這個懦弱老爸的處世之道。妳媽她了解，但妳應該受了不少委屈吧。」

「抱歉啊，我這個沒用的老爸。」父親低喃道。

優花很難過，讓父親說出這種話，她低下了頭。

附近大概有學校吧，聽起來像是社團活動練習的聲音隨風傳來。

「抱歉啊，」父親再次開口。

「其實爸爸上面還有兩個姊姊，小時候疏散時死在外地。」

優花看著身邊的父親，她第一次聽說這些事。

父親看著被黃沙籠罩的模糊天空。

「我第一次聽說這些，一直以為你是老大。」

「當時我還很小，所以跟妳奶奶在一起。但是那天的事我記得很清楚。妳奶奶抱著兩個小小的骨灰盒哭著說，早知道就不該讓你們離開身邊。最上面的大姊聽說跟妳很像，又懂事又可愛。」

「可是奶奶老是罵我不夠體貼。」

「我和岐阜的叔叔小時候也經常這樣被唸。」

「我想奶奶只是一累了就容易生氣。」

「確實也是。」父親說道，眼睛看著自己的腳邊。

「終戰隔年，爺爺從南方回來。聽說女兒們的死訊，他也哭了。在那之前跟之後，我只看過他在人前哭這麼一次。」

「可是因為戰爭受了苦，那媽也是啊。可是奶奶卻……。」

「妳媽身邊雖然沒有父母，但是在伯母養育下還上了高中。我中學一畢業就被妳爺爺逼著走進這一行。……妳奶奶應該是對這些事覺得心裡不痛快，所以才那麼苛刻吧。」

「但麵包店是很好的工作喔，」父親笑了。

「我個性軟弱，一定沒辦法好好在外面工作。爺爺要我繼承麵包店的判斷是正確的，但優花妳不一樣。為人父母，總是希望孩子能完成自己辦不到的事。我跟妳媽也是這樣想的。所以我會盡全力讓妳去妳想去的地方。家裡人都知道，妳一直都是個努力的孩子。」

「可是奶奶她……已經不肯跟我說話了。」

「她是害怕，覺得女孩子一離開家就再也不會活著回來了。這是沒有道理可講的，就只是害怕。因為不知道該怎麼說明，最後就成了這樣。戰爭會扭曲人的心。」

明明不願意跟自己說話，但是今早離開家的時候，奶奶卻跟母親一起來到大馬路上目送優花離開，遲遲不回去。爺爺遞過來一個包袱，說是便當，裡面放著跟考試那天一樣的豬排三明治。

廣播告知即將有電車通過。

轟隆一聲，電車疾馳過眼前。

月台安靜下來，父親看著大學合作社給的信。

「『祝平成元年度新入生』。昭和已經結束了啊。平成是屬於優花，你們這些不知道戰爭的孩子的時代。」

三月下旬，優花到八稜高中去找美術社顧問五十嵐和光思郎。

「照顧光思郎會」在畢業式之後舉辦了「交接儀式」。光思郎將以接下來的三年級為主，繼續負責照顧，並且打算招收今年春天入學的新生為新會員。

畢業之後，優花也打算以老會員的身分繼續照顧光思郎。可是既然已經決定到東京上大學，以後也沒辦法常來。

帶著光思郎喜歡的潔牙骨走進社辦，藤原貴史正在替光思郎刷牙。

他身邊的早瀨正用鉛筆寫著「照顧光思郎會」、簡稱光思郎會的日誌。

藤原輕輕搖了搖梳子。

「喔，鹽見。聽說妳要去早稻田？什麼時候去東京啊？」

「明天。藤原，你燙頭髮了嗎？」

藤原燙得蓬鬆的瀏海往旁邊梳，這髮型很像光源氏裡的諸星和己。

他輕輕用指尖彈了一下瀏海髮梢。

「看出來了嗎？不只燙了，還稍微染了。還有這個。」

藤原從口袋掏出一個看起來像定期車票票夾的東西。

「我還考了駕照。」

去年已經推薦上慶應義塾大學的藤原，說他一月去上了駕訓班。

「能順利考到真是太好了。」

「也沒有多難啊。鹽見，到時候我們去東京都兜風吧。」

「我想我應該很忙，還是算了吧，抱歉啊。再說你才剛拿到駕照，我有點怕。」

「早瀨，你看她這麼駕輕就熟地拒絕我耶。」

早瀨沒有停下動筆的手，很有感觸地說：

「藤原，你這個人真的很輕浮。」

「我這叫有行動力好嗎？每個年級都需要一個像我這樣的人。如果每個人都跟你一樣，那大概一百年也開不了同學會吧。」

「畫好了，換你。」

早瀨站起來，輪到藤原坐到桌前。

「你們兩個在畫什麼？」

優花看了看藤原手邊。

光思郎會日誌是允許在學校養狗的校長送大家的五年連用日記本。後面的空白頁面上畫了坐著的光思郎。

「哇，好可愛喔，這也太可愛了吧！」

「不愧是早瀨。三兩下就能畫出來。」

「那藤原你要畫什麼？」

「難得要用五年，我想等到畢業典禮結束之後請那一年的代表留一句話，寫下印象最深刻的事。鹽見妳會想寫什麼？」

「告別昭和、歡迎平成，怎麼樣？」

「很普通，太平凡、太平庸了吧。」

藤原想了想，輕彈了一下食指。

「那這個怎麼樣？不管怎麼樣，印象最深刻的當然就是『光思郎來到八高』這件事。」

「這確實是重點，你覺得怎麼樣？早瀨。」

「這樣也很普通又平凡，不過跟畫滿搭的。」

早瀨拿起梳子開始替光思郎梳背。

藤原大大寫上「昭和六十三年度畢業生」，之後寫上自己的名字。

「藤原，你要寫上『代表』啊。」

「我怎麼突然有點難為情。」

「事到如今還害什麼羞啊。」早瀨說。

「快寫啦。鹽見來了，該去找五十嵐老師了。」

藤原撫著早瀨在光思郎畫下面留下的簽名。

「唉，早瀨的簽名怎麼就是這麼帥氣呢，但是這樣其他人看不懂吧。好吧，只好由我幫你大大寫上『早瀨』兩個字。」

藤原在早瀨畫作下補上「美術社早瀨光司郎畫」，之後又在自己名字下寫著「代表」。

「好！」藤原站起來。

「我想起來突然有事，先走嘍。」

「啊，你不一起去找老師嗎？」

「你們兩個去吧。那我走嘍，早瀨，Good Luck！」

他像電影《捍衛戰警》裡的湯姆・克魯斯一樣豎起拇指。

「什麼Good Luck啦。不過……他一不在突然變得好安靜喔。」

「早瀨，其實你跟藤原感情不錯吧？」

「怎麼可能！」話一說完早瀨就含糊其詞地接著說。

「不過，那傢伙人也不壞啦。」

早瀨又開始替光思郎梳背。

春光照進安靜的社辦裡。早瀨在這光線下繼續替光思郎梳著牠一身白毛。光思郎舒服地閉上眼睛。和煦的光線環抱下，有著相同發音的一人一狗，看起來是那麼幸福。

如果會畫畫，真想永遠留下這一瞬間。

坐在藤原剛剛坐過的位子上，優花盯著早瀨和光思郎。早瀨什麼也沒說，只是繼續動著手。

優花想起過來之前去看過公布欄上貼的各大學榜單。上面並沒有看到早瀨的名字。

「恭喜啊。」她聽到一個小小的聲音。

「鹽見明天就走了啊，藤原是今晚，他說要開車去，全家一起當作兜風旅行。」

「早瀨你……。」

「很遺憾。不過我不會放棄畫畫的。」

「那我們明年應該可以在東京見到面吧。」

光思郎啪噠啪噠搖著尾巴。早瀨沉默地動著梳子。

「對了……你的手套一直沒有還給你。抱歉啊。」

「沒關係啦，我還有別的可以用。」

除夕那天借用的手套，考試期間優花一直當作護身符帶在身邊。幸虧如此她才能放鬆地作答，順利通過考試。不過她總覺得好像也因為這樣剝奪了早瀨的運氣。

「對不起啊，早瀨。我會還給你的……我寄給你吧，我也會寫信。」

「不用了。」早瀨搖搖頭。

「我要搬家了，還沒決定住哪。」

「那確定之後告訴我吧。這是我的住址，要是弄丟了也可以留言給一樓的店家。」

早瀨看著這張寫有東京住址的紙條。

「東京都練馬區。妳要變成東京人了呢。」

「也不知道這樣好不好。給家裡增加這麼多負擔去東京又能怎麼樣？大城市裡那麼多厲害的人，在這當中我到底能做什麼。」

「就是因為不知道能做什麼才要去啊。」

眼淚忽然滴了下來。光思郎好奇地望著優花。

「抱歉啊……奇怪了？怎麼會哭呢？」

率直的早瀨總是能推迷惘的自己一把。

「早瀨，其實我一直很自卑。我沒有特別的才能或長處，所以只能用功念書，但我還是很害怕。其實我根本就很普通又很平庸。」

「考上那麼好的大學還說自己平庸，妳是欠揍吧。不過我懂啦。不是這個問題對吧。」

光思郎走近，磨蹭著優花的腳邊，然後坐在她面前，優花摸著牠的背。

早瀨正用紙清理著梳子上的毛。

「我偶爾也會思考類似的事。看到其他人作品的時候。」

「你也會？你怎麼可能是平庸的人呢。」

「不管到哪個地步，都會發現人上有人。但是不管自己是不是平庸的人，我們也只能相信自己具備的資質，努力去琢磨吧。再說……。」

早瀨走到牆邊的櫃子前，把光思郎的梳子收進籃子裡。

「如果鹽見算平庸的話，我覺得這種平庸非常好。光思郎，你也這麼覺得，對嗎？」

光思郎跑到早瀨身邊。蹲下的早瀨輕撫著牠的背。

「牠說『對喔』。」

微笑的早瀨身邊，光思郎正開心地搖著尾巴。

「早瀨，謝謝你……謝謝。」

早瀨輕輕拍掉衣服上沾的白毛。

「現在光思郎也變漂亮了，我們去美術室吧，老師在等呢。」

「走嘍。」早瀨招呼著光思郎，打開門。

優花對著他的背影說：

「早瀨，我想你今年應該會很忙，不過……。」

等到一切都結束，能不能見一面？

她很想說完這句話，但是又怕被拒絕，遲遲說不出口。

光思郎開心地叫著，往前奔去。早瀨也追著那隻如流星般奔跑的狗。

＊＊＊

聽人類光司郎說，那個大家叫她「鹽見」的溫柔女孩名叫優花。

白狗光思郎正在流經八稜高中旁的十四川岸邊，仰望著成排的櫻花樹。

宛如一條小小水道的這條河兩岸，等間隔種著櫻花。每次有人帶牠來這裡散步，花香就一次比一次更濃，叫人非常期待，現在這裡已經成了除了睡覺地方之外，光思郎最喜歡的地方了。

人類光司郎說過，優花的花指的就是這種花。

如果有其他學生在，他總是表現得很冷淡，但一個人的時候他經常跟光思郎一起玩，也經常說起優花。

混在花香中，那淡淡的麵包味道。

（優花的味道……。）

人類光司郎的手指還有座位附近也都包圍著一樣的味道。光思郎很喜歡那味道。

兩人剛剛還跟五十嵐一起待在建築物裡，喝完咖啡後，來到了這排櫻花樹下。

五十嵐的聲音跟咖啡香一起出現。

「鹽見，有空回學校就到準備室來玩啊，我再請妳喝咖啡。」

「老師珍藏的咖啡真的很好喝。」

「那可是我親手烘焙的，怎麼可能不好喝。是吧，光司郎？」

「老師的『親手』有時後也會出錯的。」

「以後不給你喝了！……那鹽見，一路順風，多保重啊。」

「光思郎。」優花在眼前蹲下。

沐浴在陽光下的亮麗長髮，散發出花香。

「光思郎，你要好好的喔。別忘了我喔。」

溫柔摸摸光思郎的頭後，優花站起來。又走了一陣子後轉過頭來，對人類光司郎揮揮手。

「早瀨，明年東京見！」

光司郎揮著手。優花的身影漸漸混入仰望櫻花的人群中。

「你沒說嗎？」

是五十嵐粗厚的聲音。

「沒告訴她你候補上教育學院，會去上這邊的大學？」

「沒說。」

「為什麼？」

「她以後在大學會遇到許多人。」

光思郎身體忽然失去重心往上飄，牠張望周圍。人類光司郎把牠抱了起來。

五十嵐從口袋裡掏出一包菸，點上火。

「我覺得再努力一年你明年也能去東京。那間大學重考兩三次的人很正常的。」

「不要緊，這樣就好了。」

光司郎篤定地說。

「我一開始就決定不重考了。留在這邊不用給我媽增加提供我生活費的負擔。以後當老師還能免除償還獎學金。」

「當美術老師也不錯啊。」

五十嵐呼著煙。光司郎往一根櫻花樹枝伸手，盯著花看。

「我對鹽見做了不太好的事。有一天我去她家買賣剩的吐司，她想送我一些其他麵包。我拒絕的方法不太好。因為覺得她在施捨我。」

光司郎停下來沒說話。光思郎舔舔他的臉，他輕輕摸了摸光思郎的頭。

「我跟她說，我日子沒有過不下去，類似這種話。不過其實我日子過得確實很辛苦。用吐司的時候也都盡量撕小一點，剩下的跟我媽一起吃掉。這讓我覺得……很丟臉。」

「我年輕的時候也有過類似的事。」

「但我覺得自己很不堪。不只這樣，一見到她就會很慌，不知道該怎麼辦好……好像一碰就會弄壞。」

「真是年輕啊。」五十嵐笑了。

「這就是人生青澀的春天啊。不過，你有空就來找我喝個咖啡吧，我都在。」

輕輕揮揮手，五十嵐走回了校內。

在人類光司郎懷中的光思郎，仰望著櫻花樹。

伸手抓住樹枝，光司郎把鼻尖湊近花。

「看好了光思郎，不要忘記喔，這是優花的花。」

在她面前冷冰冰地喊「鹽見」，但是在光思郎面前他總是溫柔地稱呼「優花」。

「這樣就好了。」光司郎輕聲說。

「但是這一切的一切，如果我可以更成熟一點就好了。」

光司郎輕輕將樹枝放回原本的位置，仰望著櫻花。

「我真的、真的很喜歡她。」

第二話　與洗拿一起馳騁的日子

平成三年度畢業生

平成三（1991）年四月～平成四（1992）年三月

記得到這間學校生活之前，總是由同一個人餵飼料。

現在已經不記得那個人的長相了，但是以前好像曾經有人叫過「小白」這個名字。

來到這個地方之後，有了「光思郎」這個名字。跟經常在這裡畫畫的那個人名字唸起來一模一樣。那個人的指尖，跟總是很溫柔的「優花」有著淡淡的相同氣味。是很香的麵包味。

八稜高中社辦大樓一角，光思郎正在吃早上的飼料。

這裡，每天餵食的人都不一樣，而且每一年都會換一批新臉孔。今年有十名學生每天早上都會輪流出現，負責餵食或梳毛。

吃完狗食，光思郎抬頭看著眼前這學生的臉。

今天負責的人叫做堀田五月，他是負責管理這十名學生的人。

「光思郎，可以了嗎？」

為了表示「可以」，光思郎對五月搖搖尾巴。

「那我們今天也走吧。」

光思郎再次用搖尾巴取代回答，走向八稜高中的正門。

優花和人間光司郎消失後，五月來到這裡。這個男孩說起話來慢條斯理，有著寬廣的額頭，眉毛粗還有點下垂，整體給人的感覺很有親和力。

五月出現的那年夏天，優花帶著潔牙骨來過。

雖然開心，但是因為她已經很久沒來，所以光思郎無法像以前那樣直接向她撒嬌。躲在五月身後看著優花，聽見她難過地說：「好像不記得我了。」離開了學校。

隔年的夏天她又來了。這次除了潔牙骨，還帶了布玩具來。因為實在太好咬，忍不住叼著玩具在中庭的杜鵑花叢下跑個不停。沉迷於啃咬玩具時，優花的身影消失了。

第三個夏天，優花終於沒再來。這時光思郎才發現。

每當十四川的櫻花花蕾散發香氣，就會有人離開這裡，而他們再也不會出現在這個地方。到了夏天偶爾出現的優花，屬於很特別的例子。

（好想念優花啊。）

下次如果再聞到她的味道，一定要馬上衝到她身邊，用全身來表達自己的喜悅。

所以不管到哪裡，光思郎都一直在尋找優花的味道。

坐在八高校門旁，看著學生們陸續來到學校。

「早啊，光思郎。」

可以聽到男男女女各式各樣的招呼聲。牠一邊搖著尾巴回應大家的問候，也一邊尋找著熟悉的老氣味。

讓耳朵覺得搔癢的溫柔聲音、輕撫著頭的小手，還有滿溢出來的美味香氣。被人類光司郎或五十嵐抱起來時，他們的肩膀和胸口都又硬又粗糙，但優花抱起來時到處都好柔軟。而且她的長髮總是會發出很好聞的香甜氣味。

學生裡也有幾個人，會在某一瞬間跟優花有相似的味道。但是跟她的味道還是有一點不同。

接連好幾個巨大的聲響。

這種大家稱為「打鐘」的聲音響起，就是我去工友室的時間了。正想走去接近玄關鞋櫃附近的工友室，光思郎忽然停下了腳步。

是優花的味道。

從她的包包裡，漫出一股無比勾人食慾的香氣。

跑到鞋櫃，發現味道是從放在地上的包包裡發出來的。

（是優花嗎？）

帶著期待抬起頭，眼前是一個戴眼鏡的男孩。

（喂，你認識優花嗎？喂！認識嗎？）

對方沒有回答，一隻拖鞋掉在眼前。那味道跟優花一點都不像。但光思郎還是情不自禁反射性地叼起拖鞋。

這布咬起來好帶勁。

沉浸在這股麻痺般的快感中，光思郎快步奔跑。

＊＊＊

班會開始十分鐘前的預報鐘聲響起。

平常這個時候光思郎應該會出現在工友室前，但今天卻還沒有出現。

怎麼了嗎？

堀田五月在校舍裡到處找，一邊走向玄關鞋櫃。

早上餵完飼料後，光思郎坐在校門邊看著進校的學生。一聽到預報鐘聲就會回到工友室的藏橋身邊，一直在這裡待到中午過後。這就是光思郎的例行公事。

來到玄關鞋櫃，學生們紛紛在這裡脫下鞋、換穿拖鞋。

八稜高中的室內鞋可以讓學生穿各自準備的拖鞋。這間學校對鞋子和制服裙子長度有嚴格規定，但也不知道為什麼，唯獨沒有指定室內鞋。

因為這樣大家夏天都挑涼爽的材質、冬天挑溫暖的拖鞋穿。各自穿著喜歡圖案顏色的拖鞋走著，就像待在家裡一樣，一點緊張感都沒有。

五月脫下拖鞋換穿了鞋，想到校門附近去看看。

鞋櫃對面傳來一個男聲：「不行！」

「等等，光思郎！」

一隻叼著藍色拖鞋的白狗跑過去。下垂的耳朵，蓬鬆的白毛，正是住在這間學校的狗，光思郎。

一個戴著銀框眼鏡的男孩只穿著襪子就上前追著光思郎。是同樣三年級的相羽隆文。

「等一下！」五月抓住相羽的手臂。

「你這樣是追不上光思郎的。鈴聲快響了，先進教室吧。拖鞋我們會負起責任幫你找回來的。」

「小五學長，這個。」

光思郎會的後輩遞出了一雙紙拖鞋。

這所學校的學生會同時也兼任「照顧光思郎會」、簡稱「光思郎會」的代表，會員都會在自己鞋櫃裡常備紙拖鞋。

萬一光思郎叼了誰的拖鞋跑走，先將紙拖鞋遞給受害的學生，在不影響上課時間或上課過程的時間，再由會員們去找回來。

把紙拖鞋交給相羽後，五月雙手合十做了個拜託的姿勢。

「相羽，抱歉。請先穿這個吧。」

「又來了。」相羽不高興地說，接過紙拖鞋。

光思郎早就跑得不見蹤影。牠平時很老實，可能是狗的本能吧，抓到獵物時腳步快得出奇。

「對不起啊，一定會幫你找回來的。不過萬一被咬爛了，請到光思郎會的社辦，其實應該說是美術社的社辦啦——。」

「我知道。」話說到一半就被相羽打斷。

「畢竟都已經是第三次了。」

「也對……那到時候再請你過來選拖鞋吧。上星期又有畢業學長姐捐了很多新拖鞋，種類很豐富喔。」

靜靜穿上紙拖鞋，相羽不情願地走了。

午休時，光思郎會成員尋找的結果，在中庭的杜鵑花樹下發現了相羽的拖鞋。雖然沒被啃得太嚴重，可是已經沾滿了泥土，看來還是得請他放學後來挑新拖鞋。

五月一邊等相羽來，一邊在美術社社辦一角的光思郎會社辦翻開日誌。

這個會的慣例是由三年級中的一個人來負責「光思郎日誌」。

這本五年連用日記中連續累積了五年的日誌，一翻開來，首先映入眼簾的是毛筆寫下的字跡。

「你們要認真想想，責任是什麼，掌管一條生命又象徵著什麼。昭和六十三年八稜高中校長。」

有稜有角的粗獷文字寫下的這句話，是允許光思郎住在學校的上一任校長說過的話。校長將日記交給這個會的第一任會長藤原貴史，要他將這本紀錄傳承下去。

第一年是昭和六十三年跨到平成元年那一年，主要由藤原會長在寫日誌。

日誌最後有十八頁的空白頁面，那裡寫著「昭和六十三年度畢業生代表藤原貴史」，在「今年印象最深刻的事」中，他寫下了「光思郎來到八高」。

旁邊有一張小狗的畫，落款寫著「美術社早瀨光司郎畫」。

「平成元年度畢業生」中負責寫日誌的是五月入學那年的三年級生高梨亮。兼任美術社社長的他說，畫這張小狗的早瀨光司郎同時也是光思郎名字的來源，畫畫非常厲害。

高梨在日誌最後「今年印象最深刻的事」中寫到了光思郎的成長之快，還用漫畫的方式畫下看起來很聰明的成犬光思郎跟自己的身影。

「平成二年度畢業生」是由學生會書記的女生負責寫。

銅管樂隊一員的她在最後一頁貼上光思郎的照片，「今年印象最深刻的事」寫的是因為去替高中棒球地區預賽加油，演奏了PRINCESS PRINCESS的〈Diamonds〉，覺得十分過癮，最後還寫上「PRINCESS PRINCESS太棒了！」。

平成三年，一九九一年十月。半年後就是「平成三年度畢業生」，第四代負責寫日誌的就是五月。

翻開十月第一頁，上面寫著「今天光思郎又叼了人家拖鞋逃走。（3A相羽隆文的）」，五月嘆了口氣。

國立文組班的相羽是全學年最優秀的人。他沉默寡言，偶爾開口語氣也冷冰冰的，感覺很難親近。

不只在這間學校，他在全國排名也很優秀，名字經常出現在刊載全國統一模擬考成績優秀者的冊子上。他的名字以發音來排序屬於「A」行，在同分的優秀同學中名字也總是排在前面位置。

他跟同學年但屬於私立理科班的五月一點相似之處都沒有，如果沒有拖鞋這件事，可能在學期間兩人根本沒有交談的機會。老實說，五月不太知道怎麼跟相羽這個人相處，一想到就覺得頭痛。

光思郎來到社辦，坐在五月腳邊。

那張仰望的臉看來好像很愧疚，五月伸手搔了搔牠耳後。

「一臉『我又闖禍了』的表情。光思郎是個好孩子，偶爾會想不乖一點，對吧？」

社辦的門沒關，相羽走了進來。

五月馬上拿出裝著捐贈拖鞋的牛皮紙箱給相羽看。

相羽用手指推了推滑落的眼鏡，開始挑選拖鞋。

光思郎走在相羽身邊，抬頭看著他。好像有話想問的樣子。

「為什麼光思郎老是愛咬相羽的拖鞋呢？你有什麼線索嗎？」

「沒有。」

「是不是你的腳散發出什麼賀爾蒙啊？」

相羽沒回答，逕自挑著拖鞋。一副沒興趣參與這種無聊話題的樣子。

「光思郎。」五月叫著，又拍了兩次大腿。這動作的意思是要牠過來。光思郎馬上回來。

「你還想再咬嗎？別啃人家拖鞋了，啃你的潔牙骨去吧，拿去。」

他遞出狗專用的潔牙骨，光思郎開心地開始啃咬。

相羽拿了雙深藍色拖鞋，轉過來。

「我一直很好奇，為什麼要這樣放養牠呢？應該好好用繩子綁著吧。」

「我們入學的時候光思郎就已經是這種可以自由在校內活動的狀態了……。可能之前發生過什麼事吧，這我就不清楚了。但是除了叼走人家拖鞋，牠不會做其他壞事的。大小便那些我們都在注意，但是牠不太會隨地大小便。」

「不是這個問題吧。白天時間牠都在哪裡？」

「上午會跟著工友藏橋先生，下午會在美術準備室的五十嵐老師身邊，傍晚就回這邊來，要不然輪值的人會去五十嵐老師那邊接牠回來。」

「所以只是靠著藏橋先生跟五十嵐老師的好意來照顧牠不是嗎？」

「你這樣講我也無話可說啦……不過學生會幹部選舉的時候，也針對飼養光思郎的方法辦了信任投票啊。這次決定維持現狀的也佔了壓倒性的多數，就讓我們再觀察一陣子吧。也有很多人很喜歡看到牠在學校裡自由自在的樣子啊。」

相羽還是一臉不服氣地遞出手上的深藍色拖鞋。

「我要這個。」

「我把價錢跟標籤剪掉，稍等一下。」

剪掉標籤後，五月想起今天剛收到的模擬考成績。相羽的名字這次又出現在全國考生排名最高那組的成績優秀者當中。

交出拖鞋，五月笑著對相羽說：

「相羽，這次模擬考又看到你名字了。到底要怎麼念書才能像你這麼優秀啊？」

「經常有人問我這個問題，但我不知道。」

「可能是你下意識地運用有效率的方法念書？」

「不是。」相羽又推了推滑下的眼鏡。

「我不知道大家問這個問題的意義何在。考試的範圍都是固定的，只會出現教科書裡有的內容，頂多是些應用問題。到底要怎麼錯？所有內容不是都應該知道了嗎？」

「就算記住了也會忘啊。」

「不要忘就行了啊。高中程度的考試一定都有合理的答法。就算沒辦法答對所有問題，應該人人都能盡量接近正確答案吧。」

「說是這樣說，實際上沒這麼簡單啦。」

穿上新拖鞋，相羽把紙拖鞋拿在手上。

「這可以丟掉嗎？」

「請便。」五月回答的聲音變得很僵硬。

相羽無視對他搖尾巴的光思郎，離開了社辦。

替光思郎準備好預料和床鋪後，五月離開學校。

從走出校門不遠處的車站搭上電車，十五分鐘抵達市內的轉運站，近鐵四日市站。從近鐵百貨店和麥當勞之間的通道過了十字路口，經過女高中生聚集的時尚大樓「鈴丹」前，朝一番街商店街的方向走。上方有拱頂遮棚的這條商店街車子開不進來，是縣內少數大規模的商店街，可以在這裡慢慢散步購物。經過擠滿許多購物客的佳世客前，再往後面一點，就可以看到這一帶最大的書店，白揚文化中心。

今天是賽車運動專業雜誌《auto sport》的開賣日。

受到兩個哥哥的影響，五月國中開始就對賽車很感興趣，現在最著迷的是F1一級方程式大獎賽。

四年前的一九八七年，相隔十年F1大獎賽在日本，而且還是鄰近的鈴鹿賽車場舉行。

不僅如此，中嶋悟賽車手還成為首次全程參賽的日本人。在那之後，他沒有錯過任何一期《auto sport》和《Racing on》，讀到倒背如流，有賽事的星期天他會將耳機接在客廳電視的插孔上，在深夜裡看富士電視台的實況轉播。

今天應該會出葡萄牙大獎賽的速報。衝上樓梯前往賣場，一個身穿八高制服的男生正駝著背站著翻看雜誌。

好像幾十分鐘前才剛看過那細長的身影。

走到身邊，那人果然是相羽。他正專注看著麥拉倫—本田的賽車照片。

他想拿相羽面前的雜誌，招呼了一聲：「那個……」對方稍微往旁邊移了移。但是相羽還是擋到了五月想看的雜誌。

沒辦法，只好硬是伸手去拿。

相羽稍微低下頭，再次往旁邊移動。看了之後五月說了聲：「不好意思。」相羽這才抬起頭。

眼鏡背後的眼睛似乎有些微張皇。

「抱歉，嚇到你了？因為剛剛實在拿不到。」

相羽一闔起雜誌，他立刻看到班尼頓—福特車隊車手尼爾森．畢奇的臉部特寫。這是大獎賽速報《GPX》的封面。

「你喜歡這個？」五月指著雜誌問。對方回答：「啊？嗯，算吧。」

「怎麼話裡有話的感覺。該不會比較喜歡二輪吧？」

「二輪？」相羽重複了一次後又馬上接著說：

「喔，沒有，我喜歡四輪。」

「好意外喔，沒想到你也看賽車。」

相羽把雜誌放回架上，快步離開。

「咦？你不看了嗎？喂，這邊架上也有速報喔。」

五月叫著，但相羽沒有回頭。五月覺得他正看得高興時好像被自己趕走了。相羽剛剛翻看的大獎賽速報裡有很多照片。其中相羽正在看的那張照片是這一期裡最具震撼力的，也難怪他會看得那麼入迷。

幾天後，要參加在鈴鹿舉辦的日本大獎賽的賽車陸續來到日本。每年一到十月，地方媒體就會盛大報導這些抵達名古屋機場的F1賽車，已經成了這幾年秋天特有的風情。

但是比賽門票也一年比一年搶手，只有寄出回郵明信片參加抽選被抽中的人才能購買。今年五月寫了五十張明信片寄去，還是沒獲得買門票的資格。

今年中嶋悟表示即將退役，鈴鹿這場大獎賽將是他最後一場賽事。不僅如此，跟去年一樣，今年也一樣會在日本大獎賽中決定年度冠軍車手。爭奪冠軍寶座的是麥拉倫—本田的艾爾頓．洗拿和威廉斯—雷諾車隊的奈傑爾．曼塞爾。

本田創業者本田宗一郎在兩個月前過世。各種情感因素交疊之下，今年取得門票的抽選機會競爭更激烈。明年五月打算要寫上一百張明信片報名。

眼看當週週末即將舉辦日本大獎賽的那個星期二夜裡，五月又看了一次《艾爾頓・洗拿：天才車手的真實面貌》這本書。

決賽的星期天剛好是全國統一模擬考的日子，但是五月一點都靜不下心來看書。

Ｆ１車手陸續抵達日本。這群即將競逐地表上最快稱號的男人以及他們的車隊，四處征戰世界後現在來到日本，正在距離自己家只需要開車不到一小時的地方呼吸著。

光是這樣就已經夠令人興奮的了，就算沒有門票，他也很想到賽車場附近去晃晃。

「喂，五月。」

是二哥的聲音。在汽車零件工廠工作的哥哥今年二十一歲。下個月即將跟一起騎機車旅行的夥伴結婚，搬出家裡。

「什麼事？二哥。」

「佳奈打電話來問，你要去Ｆ１嗎？」

哥哥說話的語氣實在太過輕鬆，他身體瞬間僵住。還沒搞清楚意思五月就奔出房間。

「什麼，Ｆ１？去！我去我去！廢話當然要去啊！」

「佳奈說她朋友讓了門票給她，是雙急轉彎前的指定席。她說如果你要去就給你。」

電視機前的二哥將無線電話的話筒放在耳邊，正抽著菸。五月滑到他身前，規規矩矩端坐著。

「什、什、什麼！二哥，你說真的嗎？沒開玩笑？但是我付不起門票錢啊。哥，先借我錢！」

「送你啦。」哥吐出一口煙。

「佳奈說，怎麼能收未來的弟弟錢。」

「真的嗎，真的可以嗎？佳奈姐，我從今天開始叫你二嫂！佳奈嫂子，謝謝！」

「這油嘴滑舌的傢伙。」二哥笑著，把我的話轉告給未婚妻聽。

隔天下班回來的二哥交給五月一個放了兩張門票的信封，說是佳奈給的。信封裡還放了一張紙條：「跟女朋友一起去吧。」

很感謝她這份心意，但五月並沒有能一起去的女朋友。

星期四中午，速速吃完午餐後五月到相羽班上探頭看。

相羽正一個人在教室一角讀參考書、一邊啃麵包。光思郎蜷在他腳邊。

五月急忙走進教室，站在相羽座位前。

「抱歉啊，相羽。光思郎是不是又給你添麻煩了？」

「沒有啊。」說著，相羽看向光思郎。

「本來以為牠想吃麵包，但好像也不是。」

「光思郎，過來！」

抱起光思郎，牠不開心地扭動身體。但五月還是強行按住牠的身體，正要邁步離開時突然停下來。

「等等，我不是來找光思郎的。相羽，你想去看F1嗎？」

「啊？」相羽錯愕到聲音開岔，他將麵包放在桌上。

「你剛剛說什麼？」

「日本大獎賽。」

「能去我當然想去，但又沒有門票。」

「我有。你要去嗎？如果你去的話，就當作我替光思郎跟你賠禮。」

相羽看了一眼五月遞出的信封內容。但是他馬上把信封推回來，將桌上的麵包塞進嘴裡後起身。

「堀田，你跟我出來一下，我們去外面說。」

五月以及懷裡的光思郎一起被相羽拉著來到走廊上。

打開逃生梯的門走出去，相羽氣勢洶洶地說：

「堀田，你用這種貴重的門票來道歉？這可是有錢也買不到的東西耶。」

「錢的事你不用擔心啦，這是別人送我的。不過決賽那天剛好是模擬考。」

「知道，我知道。我當然知道。」

「所以我想應該不太可能啦。」

「也不是不可能。」

相羽湊近了五月的臉這麼說。光思郎上前嗅著相羽的味道，但相羽並不在意。他將身體往前傾，繼續說道：

「應該說，無所謂了，都這種時候了，我放棄模擬考。」

「啊，可以嗎？」

「距離這邊決賽還有時間。」

如果把考大學看成決賽，感覺可以提高不少念書的動力。

五月把光思郎放下，從口袋裡取出信封。

「那這個給你吧。」

相羽取出門票，嘴裡輕聲唸著：「有雷射標籤。」門票上有麥拉倫—本田的賽車照片，下方描繪著鈴鹿賽車場賽道的雷射標籤發出七彩虹光。

相羽的臉從門票上猛然一抬。

「這張票不只決賽，從星期五的預賽就可以入場了！」

「對啊，是三天的通票。所以我明天早上就要去，到時我要蹺課，你別說出去啊。」

「我也去。」

「啊？」我跟剛剛相羽在教室時一樣，錯愕到聲音開岔。

「你要蹺課？」

「一天而已，無所謂。說不定能在超近距離看到洗拿，還有決定世界冠軍的瞬間。這種機會多難得，我一定要去。」

「太好了。」五月往緊急逃生門伸出手。

「那我們明天說不定能在那邊遇到。掰嘍。光思郎我們走吧。」

「等一等。」

相羽抱起光思郎。

「相羽，毛！白色的毛會沾到你身上的，給我吧。」

「這個無所謂。」

相羽不顧黑色立領制服上沾到了狗毛，穩穩抱著光思郎。

「不過堀田，你打算怎麼去啊？」

「騎鐵馬啊。」

「啊？自行車？」

相羽眼鏡後方的眼睛睜得斗大。可能是被這表情嚇到，光思郎竟然也跟著瞪圓了眼睛。

「不用這麼驚訝吧……。我家在靠山那邊，如果搭公車去四日市車站再換搭電車，正常情況下也要花兩個半小時。而且這個週末車站和公車一定都超擠的，可能搭不上車。」

「畢竟都出動直升機了。」

日本大獎賽的時期，從名古屋機場到賽車場有直升機的班次。聽說名人豪紳視塞車的狀況，會選擇從空中進入賽車場前往 VIP 座位區。

「其實直線距離距離我家差不多三十公里。開車走牛奶大道❶的話不到一小時。這樣算起來我騎鐵馬還比搭車快，大概兩個多小時應該可以到。你住哪裡？」

相羽住的地方就在前往鈴鹿時會走的牛奶大道這條農道邊上。他家距離賽車場大概二十公里左右。差不多一個半小時可以到。

❶三重縣道 140 號四日市菰野大安線，連接三重縣四日市市和員弁市的一般縣道。

聽了之後相羽喃喃道：「一個半小時啊……」陷入了沉思。

「很輕鬆啦。登山社有個學妹跟你念同一間國中，她說以前騎自行車去過賽車場對面的『青少年之森』。女生都能騎自行車去的距離，沒什麼大不了的啦。」

「這樣啊，騎牛奶大道過去嗎……。」

摸著光思郎的背仔細思考的相羽忽然停下了動作。

「那個……能不能讓我中途加入跟你一起去？」

「可以是可以。不過我從明天開始就會住在那邊，你知道回家的路嗎？」

「你要住哪裡？」

「露宿啊。」

「露宿？在哪裡？」

相羽再次瞪大了眼睛，光思郎嗅著他臉上的味道。

「賽車場裡有些地方可以搭帳篷，我打算去那邊搭帳篷。鐵馬……自行車的話可以載裝備過去。」

「原來如此。」相羽很佩服地這麼說。

「所以你要在賽車場露營啊。」

「那邊離飯店和賽車場很近，在那裡過夜說不定還能碰巧見到剛好經過的洗拿。

不過洗澡只能去公共澡堂，或者只能在帳篷裡擦澡。我記得之前八耐的時候只能沖水淋浴。……但還好不是夏天，總會有辦法的。」

「堀田，你還去過機車八小時耐久賽啊？」

「去了一下子，因為我哥他們喜歡的關係。」

「那個……。」相羽有點猶豫地開口。

「可以也讓我參加嗎？我是說露宿的部分。需要什麼東西？你告訴我，我盡量幫忙準備。」

五月差點就要脫口而出：「喔，好啊。」但是他轉念又想。

跟相羽交談除了跟光思郎有關的事以外，只有前幾天在書店見面那時候。兩人不是很熟，要一起吃住三天，真的沒問題嗎？

五月非常注意自己的用字遣詞，慎重地回答：

「相羽，你跟我在一起不會覺得不耐煩嗎？我這個人個性很隨便，你應該也是第一次嘗試戶外生活吧？」

「擔心我會拖累你嗎？」

「我不是這個意思啦。我知道你在想什麼。這三天誰會想每天趕回家睡覺！」

相羽頻頻點頭，推了推滑落的眼鏡。看到他的動作我情緒更加高昂，聲音也激動了起來。

「喜歡足球的朋友經常說，坐在加油席上的自己就是第十二個隊員……。以前我不懂，但是現在我懂了，我非常可以理解。我也想要嘗一嘗身為同一支隊伍的心情。睡在帳篷裡，想像自己是新進的維修組員，被前輩欺負只能在外面睡覺。」

「我是完全跟不太上你這些幻想啦，但你的心情我懂。」

摸著光思郎的背，相羽用力點點頭。看到他這個樣子，五月很自然地脫口而出：

「那就一起去吧。我們在牛奶大道會合。」

星期五上午開始自由練習，各車隊都會讓帶來賽車場的賽車實際開上賽道，進行各種調整。

賽車場開門的時間應該是九點左右。平日會來的人應該還不多，但是為了確保搶到好的觀賽位置，最好能在七點半左右抵達。

清晨四點半，天還沒亮五月就騎上了自行車。

每踩一下踏板，就能感覺到夜晚沁涼的空氣往身體流動。

五月對二哥說了實話，但是對父母親謊稱自己要去參加應考的特別密集合宿班。

不過爸媽大概也知道他在說謊。他明明穿上八高的運動服，準備得煞有介事，但臨出門時母親卻提醒：「不要做太危險的事喔。」

天亮前的牛奶大道上，偶爾會看到卡車，除此之外路上幾乎沒有人車。從跟岐阜縣境的交界員弁前往菰野、櫻這條路，沿著鈴鹿山麓往南走。以前這附近有很多牧場。因為載運牛奶的車頻繁往來，所以才有了牛奶大道這個名字。

打開自行車車燈騎了將近一小時，街燈另一頭出現了紅色鐵橋。通過近鐵湯之山線上方，前往櫻町的那座鐵橋是非常陡的坡道。

他改以站騎的姿勢慢慢爬上坡，背後的後背包和貨架上載的裝備重量，都落在腳下的踏板上。

從這裡開始有一段丘陵地帶。爬上鐵橋後，接下來是一段下坡，重複數次就會來到跟相羽會合的地方。

夜空開始泛白，從深藍色變成水藍色。綠色森林、穿插其間的小鎮人家，還有水田裡的稻穗，都染上了淡淡水色。漫長上坡路的途中有些喘不過氣來，五月下了自行車。

他推著自行車來到坡道中段時，看到坡道頂上路口有個人影。

一個揹著後背包，跨在自行車上的頎長男人身影。貨架上放著牛皮紙箱跟一個大波士頓包。

看看手錶。距離相約的時間還有三十分鐘左右。
五月往山頂揮揮手。
「喂，相羽？早啊。」
水色的風景中，身穿深紅色八高運動服的相羽也舉起手。
「堀田，你已經到啦，真快。」
「你才快呢。我馬上過去，等我一下。這段坡道還真是吃力。」
來到坡道頂端，相羽問：「吃飯了嗎？」
「出門前稍微吃了一點，你呢？」
「只喝了牛奶。我準備了早餐。」
相羽從屁股口袋掏出地圖。五月探頭看了看，上面標註了公共澡堂和超市的位置。相羽指著牛奶大道的中段。
「堀田，在這裡吃早餐怎麼樣？現在過去的話，我看看，算起來應該六點多可以到吧。……不過，你行李還真多耶。」
這些嗎？五月轉頭看看貨架。
「除了裝備之外還放了很多零食、雜誌之類的。你怎麼跟你家人說的？」
「我說要跟朋友一起參加密集合宿班、準備模擬考。」

「藉口跟我差不多。不過也不算完全說謊吧，說不定有機會用英文跟車手交談，也是一種學習啊。走吧。」

聽相羽用了「朋友」這兩個字讓五月有點難為情，他用力踩下踏板。

馬上就是一段下坡。隨著自行車的加速，情緒也跟著高漲。

忍不住大聲喊了起來。

「喔喔，下坡好快啊。你說鈴鹿特別版會有多快啊？」

聽說本田為了這次日本大獎賽，開發了「鈴鹿特別版」這款最高規格的引擎。光從命名就足夠讓人心動。

超期待的。他對並肩騎行的相羽說。

「在F1的轉播裡一看到有人穿著HONDA標誌的襯衫在工作，我就覺得超感動的。相羽，你喜歡F1哪些地方？」

「震撼力和聲音，還有……。」

又是上坡路。相羽站起來踩著自行車的踏板。

「賽車運動是歐洲人從戰前就開始的娛樂……有他們的傳統。從歐洲人眼中看來，他們使用位在地圖邊邊……這個極東之國製造的引擎……由同樣位在地圖邊緣的巴西人艾爾頓．洗拿獲勝，他們一定……不怎麼開心吧。」

相羽氣喘吁吁，說話也斷斷續續的。對話當中混著粗喘的氣息。

「……在這種強烈的逆風之下……以地表最快為目標，勇往直前地奔馳……看了就覺得超級感動。」

「原來你都在想這些啊。」

「很像愛講仁義道德的浪花節吧。」

「我沒聽過浪花節，不太清楚，但就是單純覺得很感動。」

相羽下了自行車，開始牽車。五月也跟著下了車。

陡坡固然吃力，但徐緩的上坡其實也很耗體力。

相羽仰望著天空。淡淡的水色天空只有東邊微微帶著紅色。

還有一點。相羽又說：

「我喜歡F1，因為可以讓我看到世界有多大。能看到時速三百公里世界的F1車手，在全人類中只有三、四十個人。其中全程參賽的日本人有中嶋悟和鈴木亞久。」

「但是中嶋要退役了。」

爬上坡道，太陽已經升上東邊的天空。炫目的紅光染遍天空，下方是筆直的長長下坡路。沒有車也沒有人，整段公路就像被他們包場一樣。

兩人在破曉的公路正中央一口氣往下騎。五月感動得大叫。

「中！嶋！中嶋！」

「別叫了，很丟臉耶。」

相羽踩著踏板追過他。背後又傳來叫聲。

「又沒人聽到。這三天我一定要拚命地喊。可能會很丟臉，你就忍一下吧。」

早晨清涼的空氣撫過臉頰。相羽的自行車繼續加速，轉過一個大大的彎道。

兩人比相羽計算的時間稍微慢了些，在六點半多來到計畫吃早餐的地方。

吃飯前兩人都脫下繡了名字的運動外套，換穿上運動衫。

脫下的外套綁在腰間，相羽吃起昨晚先買好的照燒雞肉三明治。

這是在他家附近一間麵包工房買的。剛剛下坡時大喊中嶋可能讓他真的很難為情吧，相羽一直安靜著沒說話。

五月耐不住沉默找話聊：「很好吃耶。」相羽回答：「石窯烤的。」

相羽一邊用草抹掉手上的雞肉醬汁，一邊說起那間麵包工房裡有八高的畢業生。聽說長得很可愛。

「剛好在我們入學那年畢業。我媽以前在那邊當計時員工，聽說她不僅長得可愛，個性也很好。」

聽相羽說起女孩子的話題，比知道他喜歡賽車運動更叫人意外。五月感覺到對方努力在製造話題，也刻意發出比平時更開朗的聲音。

「長得可愛個性又好，那不是超棒的嗎？年紀比我們大嗎？明星裡像誰嗎？」

「你記得山下達郎那個耶誕夜的新幹線廣告嗎？不久前那個，穿紅色衣服的女孩在車站裡跑的那個……我忘記名字了。」

「原來相羽也會忘記啊。」

一到年底，JR東海就會在電視上播放名為「耶誕快車」的廣告。是一則描述遠距離戀愛的情侶利用新幹線在耶誕夜見面的戲劇風廣告。

聽他說是不久之前的廣告，五月開始翻找著記憶。

「嗯，牧瀨里穗嗎？」

「對！就是她！」

相羽搖著手上的三明治，點點頭。

「笑起來的感覺很像。不笑就更像了。」

「那不是超可愛的嗎！讚耶！」

就是啊。相羽很驕傲地說。

「她現在去東京唸大學了，之前回來幫忙看店，看起來非常有氣質，一點也不像八高畢業生。」

「東京的女大學生是不是大家都會去朱麗安娜東京那些舞廳啊？站上只有女生可以上去的高台，揮著扇子？」

「我覺得她應該不會去那種地方。」

相羽不知為什麼感覺有點不耐煩，喝了一口水壺的水。

兩人之間再次安靜下來。

咕~咕~，森林深處傳來貓頭鷹的叫聲。

相羽輕輕清了喉嚨。他轉頭看著身邊，有些尷尬地開口「那個……」。

「怎、怎麼了？」

「上次……我聽別人叫你小五先輩，這個綽號還真奇怪呢。」

還以為對方要說什麼嚴重的事。嚴陣以待的五月聽了這無關緊要的問題不禁笑了出來。

「小學時有人打電話來我家，聽到我媽叫我『小五』，在那之後小五就變成我的綽號了。一些比較親的朋友，我的死黨他們都會故意叫我『笑五』。那你在家大家都怎麼叫你？」

「隆文。」

「不會叫你小隆？」

「不會。」

「那朋友呢？國中時大家怎麼叫你？阿隆？隆仔？之類的。」

「相羽。」

一邊回應，五月一邊想起相羽好像總是一個人。三年級生腦子裡只有升學的事，人際關係很容易變得淡薄，但是升上三年級之前，似乎就沒看過相羽跟誰特別親近。

「相羽腦袋太好了，很少有人能跟你聊得來吧。這就是所謂孤高的天才……喔！跟洗拿很像耶。」

「我才不是天才。」

相羽不開心地說，站了起來。

「我是在稱讚你耶，怎麼生氣了？喂，相羽！」

「我先走了。」

綁在腰間的運動外套塞進後背包，相羽登上自行車。

「等等，我也去。」

拍拍屁股上沾的土，五月也急忙騎上自己的自行車。

相羽加快速度騎著下坡路。五月對著雲霄飛車般下滑的自行車背影大叫。

「相羽！！阿隆。」

本來以為相羽會回嘴說丟臉，但他什麼也沒說。下到坡底，開始靠強力的站騎往上走，追在相羽身後，不過五月在坡道中段停下來。

「糟糕，開始頭暈了。」

昨天晚上一直在看日本大獎賽賽前特輯雜誌，太過興奮根本沒睡著。一股興奮勁一直繃著，剛剛吃完飯後才終於鬆緩了下來。

相羽已經不見人影。

他再次大聲叫著相羽，可是相羽大概以為他在胡鬧呼口號，並沒有回頭。

「喂，相羽！阿隆！回來啊！我感覺不太妙。」

如果開口叫救命他會回頭嗎？就在五月難受到快發不出聲音時，相羽從坡道上出現了。

「怎麼了，堀田？」

「抱歉，我得休息一下。」

再騎一段就能通過這片丘陵地帶。但是只要停下一次，就很難依照剛剛的步調繼續騎。照這個樣子走走停停，可能趕不及上午的自由練習。

相羽正要下坡。是一段很陡的長段坡道。

五月想叫住相羽，大聲吼著：

「相羽！你先去吧。我不太舒服，慢慢跟上去，順便買蛋。」

「買蛋？什麼？」

「雞蛋啊，雞生的蛋！」

「我知道啦！」相羽有點生氣地大叫。

「我是問你為什麼要買雞蛋。」

「這三天就算沒東西吃，口袋裡如果有水煮蛋就能補充營養不是嗎？本來想在家煮好帶來，但是家裡沒蛋了。但不知道算是幸還是不幸，應該算是幸運吧，前面有座養雞場。那邊的雞蛋超好吃的。糟糕，這樣大叫身體愈來愈不舒服。」

「我聽不懂你在說什麼，但是你這樣趕得及上午的練習嗎？」

「不知道。反正你先去吧。我慢慢來。」

「你身體不舒服，是哪裡不舒服？」

「頭暈。仔細想想昨天沒怎麼睡覺。」

將滑落的眼鏡往上推，相羽雙手交抱在胸前。在坡道上方做出這樣的姿勢，五月感覺他一定很看不起不中用的自己。

「知道了。」相羽答道。

看到相羽的身影消失，五月坐在路肩。他將脫下的運動外套罩著頭，吐出一口長長的氣。

感覺全身無力。突然有濃烈的疲倦和睏意襲來。

預賽的計時賽是今天跟明天下午，在上午的自由練習之後舉行。就算用走的也趕得上下午的比賽，不過如果就這樣睡著，很可能會一路睡到傍晚。

坐在路邊打著盹，聽到宛如蟲隻翅膀的輕微聲響。那聲音漸漸變大。

「堀田。」有人叫了他。

從罩著頭的運動外套裡探出頭來，相羽的自行車就在眼前。

「哇，相羽。你怎麼回來了？好不容易爬上去的。」

肩膀上上下下大聲喘著氣，相羽開始解開綁住自己行李的繩子。

「把東西、都放在路邊，只拿貴重物品。預賽看完之後……再到這裡回收。」

「什麼？啊？什麼意思？」

我說。

相羽從行李上抬起頭。

「我們從頭開始看吧，堀田。」

「我也想啊。」

「是吧。你想像一下。送到鈴鹿那些賽車的引擎聲。」
相羽抱著行李向五月走近，繼續說：
「你不想聽聽一開始點火的聲音嗎？」
「想！」
「好！」相羽將自己的行李丟在路肩。
「堀田的行李跟自行車也藏在這裡吧。」
「會不會被拿走？」
「到時候再說。」
「那睡袋帶走吧。這樣至少有地方睡。」
「OK。」相羽把五月的自行車搬到樹林後。
「好重……堀田，你騎這種車來的？」
「還有兩人份的裝備吧。」相羽輕聲說著，從後背包拿出筆記本，寫了一張「傍晚一定會來拿」的紙條夾在行李的繩子間。
「走得動嗎？」
身體雖然沒力氣，但暈眩已經好多了。
五月用手撐著大腿站起來。

「慢慢走應該可以。自行車還可以當拐杖用。」

兩個人輪流推著自行車，走在長坡道上。來到頂端時相羽跨坐上去，轉過頭。

「上來！」

這次兩人一起往下衝去。

騎下通往鈴鹿川的坡道時，遠方傳來爆音。

「咦？相羽，自由練習已經開始了嗎？」

相羽的聲音從背後傳來。

「時間還沒到。」

又是一陣穿破天空般的爆音。很明顯是賽車引擎的聲音。

聽到這聲音五月想起來。這次比賽報名的車隊很多。所以會先舉行參加預賽的預賽、也就是預備預賽。

「是預備預賽啊，相羽。」

「……所以大門應該已經開了。」

「已經開了！哇！！」

五月忍不住大叫。「吵死了。」相羽輕聲嘟囔，加快了車速。

八點多來到賽車場，大門已經開了。

佳奈姐給的票區域在主道前，被稱為「卡西歐三角」的雙急轉彎就在眼前。來到座位區，這片斜面可以從雙急轉彎的起始一直望見看台區。因為實在太開心，五月忍不住握拳擺出了勝利姿勢。

星期天決賽的座位有固定區域，但星期五和星期六可以在任何區域觀賽。兩人決定從「130R」這個左彎開展的地方看今天的自由練習，慢慢走上徐緩的斜坡。

可能因為騎了很久的自行車，現在雙腿都使不上力。

一步一步用力踏著往上爬，聽到遠方傳來爆音。

在這聲音的鼓舞下，他們奮力移動著腳步。

抬起頭，視野瞬間開闊。眼前不再是剛剛的斜坡，而是一大面蔚藍天空。撼動身體的爆音也動搖著鼓膜。再往前走，腳邊出現了立體交叉，亮眼的鮮紅賽車飛馳而過。那聲音和外型讓人震驚到無法動彈。

他忍不住對身邊的相羽說：

「你聽！聲音完全不一樣、完全不一樣，法拉利真是太帥了。跟電視上的聲音大小完全不一樣。還有那音質！」

「連身體都在共振，有撼動丹田的感覺。」

宛如嗚咽般的尖銳聲音從天而降，同時出現一輛塗成紅白兩色的車，隨著爆音同時轉過彎道。

幾乎令人屏息的爆音衝擊，讓五月不由得捂著胸口。

「本田、麥拉倫，我終於能親眼看到了。這太讚了吧，好像全身都感受到衝擊。分不清胸口到底是痛還是在跳動。」

「一眨眼就過了耶。」

令人發麻的高音劃破天空，緊接著是撼動身體的重低音爆音。

紅白車體再次疾馳而來。車號「1」。這是代表去年冠軍的車號，艾爾頓・洗拿駕駛的麥拉倫—本田MP4/6。

「啊！洗拿洗拿，相羽洗拿！」

「鎮定一點，誰是相羽洗拿啦。」

兩人凝視著跟爆音一起一閃而逝的空間。

相羽感動萬分地喃喃唸道：

「這就是Honda Music啊！」

「那種尖銳的『唧唧』聲真是叫人難以抵抗。這聲音……V型雙缸的聲音也太帥了吧。相羽相羽！威廉斯車隊來了，五號、是五號，曼塞爾來了！曼塞爾！！」

「堀田，你眼睛真好。」

「我只有視力這一點比較有自信。」

爆音從身體的右邊往左邊掠過。

沉迷在聲音和速度當中，自由練習和預賽的時間一轉眼就過了。

預賽結束後，兩人帶著還未平息的亢奮走出賽車場，這次五月跟相羽輪流騎上牛奶大道，明明已經疲憊不堪，但雙腳卻非常有力，比預期的時間更快回到賽車場。

把自行車停在露營場，他們再次走進賽車場。

五月拉住想去看第一彎角的相羽，指指賽道旁的摩天輪。

「相羽，第一彎角也不錯，但是要不要先搭摩天輪看看？聽說是今年剛完成的，還很新呢。」

把滑落的眼鏡往上推，相羽仰望著那名叫朱比特的紅色摩天輪。

「這種東西應該是帶小孩或跟女生一起搭的吧？兩個男人一起搭，感覺有點悲哀。」

「但是可以從上面看賽道耶。」

「……那好吧。」

嘴上說得不太情願，但表現得倒是挺雀躍的，相羽快步走向摩天輪。

排了一會兒，兩人坐進紅色車廂。相羽趴在窗前俯瞰外面的賽道。

相羽發出感動的聲音。

「這樣看下去才發現有很明顯的高低差耶。雖然本來就知道，嗯，雖然知道這些數據。但是實際上看了之後還是跟腦海裡的印象很不一樣。」

從摩天輪看出去，有看台的主道是很陡的下坡。

穿過雙急轉彎後，賽車進入最終彎角的坡道，來到有眾多觀眾等待的看台前往下行。隨著轟聲駛入狂熱人群的漩渦中，接受方格旗的祝福。

太厲害了。五月忍不住讚嘆。往第一彎角的方向看，賽車場後方是一片群青色的海。

「相羽，是海！可以看到伊勢灣耶。」

「這裡真好。這是神的視點呢……所以才會命名叫朱比特，取了神的名字吧？」

五月離開沉迷於景色的相羽身邊，從對面窗戶俯瞰著遊樂園的方位。

許多人包圍著一個外國男人。那男人就像被粉絲包圍的搖滾明星一樣，輕輕揮著手，颯爽走著。

「你看你看，相羽，那是F1車手吧……最近是不是改稱呼F1駕駛員？都可以啦，我覺得一定是。」

相羽站在他身邊，也俯瞰著遊樂園。

「好像是耶。會是誰？從這邊看不出來。不過粉絲還真多呢。」

「身材好像挺魁梧的？個子高，高出其他人一個頭，啊！你看那個。」

一個男人正悠閒地騎機車經過賽車場通道。

「那個騎機車的人，大家都在對他揮手吧？我聽說會把機車借給車手方便他們在場內移動。記得應該是本田的Dio吧。戴著安全帽看不出來，但那一定是F1的相關人士。」

「會是誰啊？戴了安全帽就看不見了。」

「個頭很小，說不定是洗拿呢。」

啪噠啪噠帶有韻律的轟聲從天而降。

來自東京、名古屋的直升機逐漸接近。

賽車場中彷彿也呼應著這聲音，有一架直升機輕盈浮起。

「竟然有兩架直升機。」相羽輕聲說著，緊貼著窗戶。

「VIP了。另一架要離開了嗎？還是要飛去東京吃飯？」

「這個我也聽說過，現在應該叫F1車手？F1駕駛員？還是F1選手？」

「叫車手就好了啦，我們就叫車手吧。」

「聽說他們從機場到鈴鹿都是搭直升機移動的。也對，萬一搭近鐵特急發現隔壁坐的是洗拿或曼塞爾，一定會嚇壞吧。」

「隔壁通常會是經紀人坐吧。」

相羽冷靜地吐了槽，稍微移動了一下位置。五月發現他是讓出了方便看直升機的位置給自己，於是也貼在窗戶前，兩人並肩看著窗外。

「也是啦。還有啊，聽說其他工作人員包了三重交通的公車從名古屋機場過來。一想到麥拉倫和法拉利的員工也搭上我們社會課校外教學時搭的三交公車，不覺得很親切嗎？」

「你都是從哪裡聽說這些的？」

「我大哥繼承家裡的田地，但他的興趣就是賽車，經常會來鈴鹿開車。二哥和未婚妻都在鈴鹿跟本田相關的工廠工作。他們三個都很喜歡二輪，自己也都愛騎。」

「女生也騎機車啊。」

「騎啊。你聽過《極速狂飆》這部漫畫嗎？二哥的女朋友跟裡面的一之瀨美由紀很像。不是巨摩郡的女朋友喔。」

「美由紀我不知道，不過我看過《美雪、美雪》，就是畫《鄰家女孩》的那個作者畫的。」

「喔喔，安達充啊。你也看漫畫啊？」

「漫畫我也是會看的好嗎。」

相羽不高興地說，頭別了過去。

看到他這個樣子，五月想起自己國中時也被人說過類似的話，當時覺得自己受到大家排擠。

「抱歉抱歉，我不應該這樣說。我是想說我們感興趣的話題還滿像的啦。」

相羽還是沒說話。

從摩天輪出來後，又看到一個被粉絲包圍的男人。這次女性粉絲很多。

「相羽、相羽！那也是車手吧？要不要去看看？Sign, Please! 不對，Can I have you autograph? 這樣對嗎？」

「你冷靜一點。」

相羽冰冷地說著，看了一眼手錶。

「抱歉堀田，我有點跟不上你的節奏。我想一個人四處去看看。」

五月這才發現自己整個人嗨到不像話，簡短地回答：「好。」

但是回答的瞬間，反駁的話又忍不住脫口而出。

「所以我一開始不是就說了嗎，跟光思郎在一起的時候。我說我這種個性你一定會覺得不耐煩啊。」

「我記得。所以我們兩個小時後在決賽座位那邊見吧。掰。」

瘦高的相羽爬上坡道。

五月心裡一邊想，這傢伙真難搞，同時也有點難受。

畢竟相羽是同齡中第一個跟自己一樣喜歡賽車運動的人。

趁太陽還沒下山，五月在哥哥告訴他的露營區搭起了帳篷。到了星期六一定會人滿為患的這個區域，星期五的今天還沒有太多人。

把帳篷裡整理好後，他前往會合的地點。

相羽正躺在可以俯瞰賽道的斜坡草地上。

「相羽，你這樣會冷到的。地面很冷呢。」

「確實有點冷。」

起身的相羽遞出一張賽車場的整體圖面。

「我剛看了許多地方，維修站後面搭了組合屋，有很多工作人員出入。不知道為什麼聚集了很多觀眾，那裡有什麼啊？」

「對呀，到底有什麼？對了，睡的地方我準備好了。要吃東西嗎？」

「我今天睡這裡就可以，我想要一邊看著賽道一邊睡。這樣不管是睡著或醒來，都可以呼吸這裡的空氣。」

「你要一直睡在這裡？」

五月在昏暗的天色下環視周圍。只有一天，或許還能忍受，星期五、六兩天都要睡在這裡，實在太累了。

「相羽，你的心情我懂，但是晚上這裡太冷了。最好還是找個有屋頂或牆壁的地方比較好。畢竟還有明後天，還是保留一下體力吧。」

「不，我就待在這裡。離開這邊，我大概會去組合屋那裡吧？你要不要也去看看？」

「那至少一起吃個飯吧。吃完之後你想去哪裡就隨便你。我會睡在帳篷裡。……要是不想跟我一起，我們分開吃也無所謂。」

五月慢慢爬上斜坡，相羽跟在他身後。

兩人沉默地慢慢走下斜坡，經過摩天輪前。走過餐飲區前，看到前面大概站著三個人。

「怎麼了？好像很擠，這間店很好吃嗎？」

五月耐不住沉默，跟相羽搭話。

低著頭的相羽抬起頭那一瞬間，輕聲倒吸了一口氣。

「怎麼了嗎？」

五月循著他的視線望去，也跟他一樣倒吸了一口氣。

眼前有一群應該是剛吃完飯的人，位在人群中央的是個長得很像艾爾頓・洗拿的男人。

「哇，洗拿？洗拿洗拿！相羽，是洗拿！啊！」

就在他小聲驚叫的這個瞬間，那群人已經離開了。

「哇……我好像對到了他的眼睛。我們下次來這裡吃吧。味之街？啊，好像在雜誌上看過，聽說是一間叫Companella的店……。」

「冷靜一點，丟臉死了！」

相羽丟下這句尖銳的話後跑開了。

「等等，相羽。抱歉啦，我忍不住就叫出聲了，是不是太沒禮貌了？但是他應該沒聽到吧？我也沒有太大聲。……不過這種狀況通常都會嚇到的吧！崇拜的車手就在自己眼前，那麼近的地方耶！」

大概是不想跟這麼丟臉的人走在一起，相羽的速度心，愈來愈快。五月小跑步追在他身後。

一邊追他一邊心想，這就是相羽強大的地方。

即使崇拜的人就出現在眼前，他也不會失了分寸，依然可以保持冷靜。

在這種男人眼中，自己一定非常幼稚吧。

不過來到搭好的帳篷前，相羽倒是挺坦率地表露出驚訝。他好奇地打量帳篷外觀跟裡面的裝備，進去之後就一直不出來。

五月在帳篷前煮熱水，朝帳篷裡說：

「不錯吧？還滿寬敞的。」

裡面沒有回答。他也不介意繼續說道：

「明天星期六，全日本的人都會來鈴鹿吧。現在放學下班的人應該都衝上車，在東名高速或名神上狂飆吧。」

「還有新幹線。」

「對，還有新幹線。明天這裡會有很多露營的人，一定會很吵，其實你明天再過去那邊睡就行了。欸，你有在聽嗎？」

對方沒有回答。

「算了，吃飯吧。肚子一餓脾氣都來了。小雞拉麵可以嗎？還是你喜歡日清杯麵？」

「都很少吃。」

「是喔，都是垃圾食品。但是我經常吃呢。」

五月從後背包拿出兩個杯裝小雞拉麵打開。聞到湯的香味，肚子咕嚕咕嚕地叫。

五月聽到自己肚子的聲音忍不住笑了起來，朗聲對著帳篷裡說：

「我喜歡日清杯麵，小雞拉麵澆飯，雞肉飯、雞肉飯、雞肉飯，一看到電視上田村英里子的宣傳，就忍不住買了。那件衣服超性感超可愛的。」

「我沒看過。」

五月拿著杯麵和熱水走進帳篷。

相羽正在看五月帶來的日本大獎賽特集。

「那很有意思吧？」

相羽還是沉默著。

五月拿起雜誌整理著。

「我說你啊，雖然不用刻意配合我，我們也不到吵架要和好的地步，但是你就不能開心一點嗎？我都先開口了，你就不能稍微回應一下嗎？蛋拿來。」

相羽靜靜將在牛奶大道買來的一袋雞蛋遞出去。

「謝啦。這些如果不合口味，不用勉強吃。我是會大口大口吃掉啦，今天我也會在這裡睡……啊！」

「啊！」相羽也叫著，看著杯麵裡。

咖啡色的乾麵上有兩個蛋黃。

「哇！」他驚訝地叫道。

「我第一次看到有兩個蛋黃。」

「還有這種蛋啊。」說著，相羽看了雞蛋附的那張紙。

「上面寫著是雙黃蛋。」

「所以說這些全部都是嗎？」

把蛋打到另一碗杯麵裡，果然又是兩顆蛋黃。

喔喔！兩人異口同聲地讚嘆。

「上面寫著『大顆』我才買的，感覺好划算啊。我要倒熱水了喔。」

將熱水倒在蛋白上，五月蓋上杯麵的蓋子。

小小帳篷裡漸漸瀰漫開小雞麵湯的香味。

三分鐘後打開蓋子，咖啡色的麵和湯有兩顆半熟的蛋黃。

「看起來好好吃喔。」相羽喃喃說道。

「我媽媽娘家是做麵線的，所以家裡吃的麵都是麵線。我媽說麵線一分半就能燙好，比拉麵還快。」

「你媽媽是大矢知那邊的人吧。那裡的麵線很好吃，但是在野外吃的杯麵味道特別不一樣喔。」

「好吃！」相羽吸了一口麵。

「真好吃，沒想到味道這麼好。」

「啊，對了，還有一個配料。杯子靠過來一點。」

拿出魚肉腸，像拿小刀削鉛筆一樣，五月在相羽的杯麵裡削了幾片薄薄的魚肉腸。

「魚肉腸要先浸到湯裡再吃，跟味道濃的湯混在一起吃超棒的。」

相羽將魚肉腸沉入杯底，然後裹著大量湯汁放進一片到嘴裡。

「好吃！好好吃喔，堀田！」

「那就好。」

五月把蛋黃戳破，跟麵拌在一起。咖啡色捲曲的麵裹著蛋黃，讓湯的味道更加溫醇。

平常總會煩惱什麼時候該吃蛋黃，但既然有兩顆，吃起來心情就自在多了。

相羽正要戳破蛋黃，忽然停下動作。

「怎麼了？你該不會不敢吃半熟蛋吧？」

「沒有，我喜歡啦。……今天的預賽，伯格破了賽道紀錄吧？」

麥拉倫－本田車隊洗拿的隊友傑哈德．伯格，在今天的預賽中交出了賽車場的最快紀錄。

回想起場內廣播宣告這件事的情景，五月頻頻點頭。

「聽了真的超興奮的。太期待明天的預賽了。」

「也不知道為什麼，我總覺得伯格應該會繼續這樣取得桿位，洗拿第二。本田拿下第一跟第二。」

相羽用筷子指著兩顆蛋黃。

「我覺得他們會包辦一二。」

「在鈴鹿嗎？」

相羽深深點頭。

「對，在本田宗一郎過世的這一年，在鈴鹿這個地方。」

「那也太戲劇化了。誰會是第一？」

「在一個洗拿信徒面前，這個問題根本不需要問吧。」

「也對。」五月一邊回答，一邊取出裝了調味料的袋子。

「我還是很想混合一下紅色跟白色。相羽，我有番茄醬跟七味，你要加在蛋黃上嗎？」

「那我七味粉好了。」

相羽在蛋黃上撒了很多紅色七味粉。

蛋白上有兩顆染成紅色的蛋黃，並排在碗中。戳破蛋黃後相羽發出聲音吸著麵。

「好吃！好辣、但是好好吃，一口氣包辦一二！」

「要不要再各吃一顆蛋？這次用水煮蛋來包辦一二。」

「吃！！」

五月想連明天的也一起煮，從後背包拿出單柄小鍋。相羽指著後背包裡那個大紙袋。

「堀田，那個大袋子裡裝了什麼？」

「這個嗎？是我珍藏的雜誌剪報。等等要看嗎？我心目中去年最棒的一張是這個，我很喜歡這個攝影師。」

「好帥喔……。」

相羽沉迷地看起剪報，然後突然開始快速吃麵。大概是吃到七味粉，稍微嗆了一下。

五月笑著把水遞給他。

下班的人陸續聚集到露營區來。帳篷外開始熱鬧起來。

相羽的預感沒錯。星期五和星期六的預賽結果都是由洗拿的隊友傑哈德·伯格創賽道紀錄，拿下桿位，緊接著第二名是洗拿。

第三天決賽早上。心情來到最高點，但身體卻覺得很沉重。可能是因為深夜跟相羽一直盯著維修站後面的組合屋燈光，直到清晨都在賽道各處晃的緣故吧。

五月開始對回程感到不安，從公共電話打電話回家。把來龍去脈告訴正在家裡休息的大哥，五月說比賽結束後會騎到不塞車的路段，拜託大哥能來接他回家。

擔心的哥哥答應了，他跟相羽商量，決定跟大哥在距離賽車場十五公里遠的小山田紀念溫泉醫院旁的郵局會合。

決賽當天，大約有十五萬觀眾聚集到賽車場。中嶋悟的賽車一出現，觀眾之間便掀起一陣巨浪，宛如地鳴般的歡聲。

跟洗拿爭奪年度冠軍的曼塞爾在途中棄權，此時已經決定跑在第二的艾爾頓·洗拿穩坐王者寶座。

跑在首位的是傑哈德·伯格。桿位向來是洗拿的指定席，伯格不愧擁有從洗拿手中奪走桿位的實力，震撼力十足。

不過確定年度冠軍之後，洗拿趕上了他，輕盈地超過。

接下來他一路領先，幾乎已經確定優勝。

最後衝刺，觀眾席的大批觀眾對他的奔馳送來加油聲。

宛如激起靈魂的賽車轟聲。十五萬人的歡聲。

興奮和狂熱翻湧起顫動的聲音，身體也隨之震動。沉醉其中的五月大叫著洗拿的名字。

那個瞬間，他的賽車在眼前減速。

「咦，怎麼了？發生什麼事了？」

「機械故障嗎？」

緊追在後的伯格追過洗拿的車那一瞬間，他的車再次順暢駛出。

紅白兩台賽車並肩疾馳，就這樣被捲入看台狂熱的漩渦當中。

方格旗揮動，現場歡聲雷動。

令人激動的包辦一二。相羽舉起右手尖叫著。

「雞蛋！雞蛋！本田的蛋啊！」

「啊，你說什麼？相羽？」

「堀田！蛋啊，雞蛋啊！」

五月這才發現他指的是車隊囊括了冠亞軍，也舉起雙手。

「真的！雞蛋跟雞蛋，相羽！」

兩人在擊掌之後，一起朝向天空大叫。

「雞！蛋！！！」

相羽握拳朝天大叫。他歡喜的叫喊聲聽起來就像英文一樣帥氣。

自行車離開頭上來來去去的直升機和大批人群，繼續往前進。

騎出賽車場，朝著郵局騎去。

來到公休的郵局，兩人一起躺在停車場上。

「相羽，你還活著嗎？」

「算吧，但是好睏。」

「我也是。」

聽到有車開進停車場的聲音。關上車門的聲音之後，是大哥的聲音。

「喂，小五，還活著嗎？」

「好想睡啊，哥。睡著了我會死掉嗎？」

「死不了啦。還有小五的朋友，你還好嗎？」
「可能不行了……。」
聽到在自動販賣機買飲料的聲音。
溫熱的東西觸碰到臉頰，五月微微睜開眼。眼前是一罐罐裝咖啡。
「喝吧，在外面露宿三天嗨成那樣，誰都會撐不住的。你們兩個是笨蛋嗎？」
「哥，我也就算了，相羽是我們八高最聰明的耶。」
「但一樣是笨蛋啦。好了好了，你們睡吧。」
大哥扛起自行車，放上輕型卡車的貨架。
大哥嫌他們渾身汗臭，要他們坐在後面，五月跟相羽一起坐在卡車貨架上。
天空已經暗下，清冷的空氣從袖口和領口鑽進來。摸摸喉嚨，五月對相羽笑著說：
「我聲音超啞的。」
「我也是。」聲音嘶啞的相羽也按著自己的喉嚨。
仰望黃昏的天空，相羽問：「你覺得剛剛那是怎麼回事？」
「什麼怎麼回事？」
「洗拿……我本來以為是機械故障，但他應該是在等伯格吧？說不定……是故意想讓他贏？」

「誰知道呢？但是我親眼看到本田囊括冠亞軍，單純這樣就覺得今天超級感動的。最後根本搞不清楚自己在哭還是在笑。」

「我也是。」說著相羽笑了笑。

「真的是這樣呢。」

五月靠在輕型卡車的龍門架上。

兩天前走過的路現在包圍在夕幕中，景色迅速往過去流逝。

仰望著天空，相羽低喃道：

「洗拿跑完，我們也跑完了呢。」

「全力狂奔呢……。」

朱紅夕照漸漸暗去，星斗開始閃爍。

大概是對相羽的拖鞋厭倦了，光思郎很少再靠近鞋櫃胡鬧。

也因為這樣，在那之後五月跟相羽幾乎沒有機會再見面。

進入二月，很快就決定要進名古屋私立大學的五月開始上駕訓班。因為太難為情所以他誰也沒說，但等考上駕照後，他打算在車裡用大音量播放富士電視台轉播Ｆ１的主題曲〈TRUTH〉，開上高速公路。

進入三月後馬上開始的畢業典禮上，相羽代表致答詞。

他在致詞裡提到「在學校裡共度時光的白狗」。他感謝學校願意接受這隻狗，說完謝詞後場內響起一片溫暖的掌聲。

回頭想想，新生入學時致詞的也是相羽。

從入學考時開始，這個學年的桿位就是相羽的指定席。東大還沒有放榜，不過他一定能以好成績考進去。像他這樣的男人，一定能承擔日本政治或外交的未來。

典禮結束後，光思郎跟學弟學妹們一起排隊等在校門旁。今天牠沒戴項圈，換上像蝴蝶領結般的紅色蝴蝶結。

「光思郎，誰幫你打扮得這麼可愛？」

五月蹲下來跟光思郎說話，有人走到他身邊。是相羽。他伸手摸摸光思郎的下巴下方。

「那個。」聽到了一個微弱的聲音。

「嗯。」五月回答。「上次很開心呢。」相羽摸著光思郎。

「那兩天，我一輩子都不會忘記，笑五。」

相羽用死黨叫他的小名稱呼，讓五月很驚訝。

突如其來的事讓他一時不知該怎麼回答，相羽已經離開。

＊＊＊

優花的花要開了。

在光思郎會的社辦裡，光思郎走近五月。

每當體育館裡聚集了大批學生，還有跟他們有類似味道的大人，學校旁的十四川那排櫻花樹就會盛開。

五月駝著背在筆記本上寫字。

被稱為畢業典禮的聚會之後，在這本筆記本上寫字的學生隔天都不會再出現。

光司郎覺得很寂寞，靠近五月腳邊，然後被他抱起。

「你看，這輛車很帥吧，光思郎？」

筆記本上放著一張有扁平車子照片的細長紙張。

春天的陽光下，那張紙有一部分閃閃發著光。

五月用自動鉛筆的筆尖，模寫著那些光線。

「第一、S字、反斜坡彎道、德格納彎道、髮夾彎、湯匙彎、西方直線、130R，還有卡西歐三角……今年印象最深刻的事。」

五月仔細地將那張細長的紙貼在筆記本，摸著那小小的光線。

「我也不會忘記喔，阿隆。」

第三話　明天的去向

平成六年度畢業生

平成六（1994）年四月～平成七（1995）年三月

「喔，光思郎，你的名字為什麼叫光思郎？」

晚上吃東西吃到一半，聽到有人叫自己的名字，光思郎挑著眼看向那學生。

眼前是個手裡拿著梳子剃了寸頭的男生。

那張曬得黝黑的臉看起來很親切，體格很健壯。他是棒球隊的田中明宏。

「幹嘛突然演起茱麗葉？」

田中身邊是一個膚色白皙的男生。手裡拿著毛梳的他，是藝文社的伊藤拓海。他們兩人都是光思郎會的二年級生。

田中那張黝黑的臉露出笑容。

「不太像我對吧？但是我真的很好奇啊，為什麼會取光思郎這個名字？」

光思郎啃著雞胸肉，想起了小時候。

一個名字取自櫻花的女孩，和總是在素描簿一角畫了她又塗掉的男孩。

優花和光司郎。假如叫聲能化為言語，牠多想說說這兩人的故事。

吃完東西，光思郎用舌頭舔了水喝。

住在這間學校已經很長一段時間。

小時候不太懂這個世界。但是每天坐在教室一角聽課，漸漸也對人類的語言和這個世界的機制有了一點模糊的認識。

大概也因為如此，牠跟觀察力仔細、感覺敏銳的學生之間開始可以互通心意。

光思郎再次抬頭看著田中，搖搖尾巴。

（看看日誌吧。）

「怎麼？飽了嗎？光思郎，接著來刷牙吧。」

（不是啦！日誌！那本黑色筆記本。）

「討厭刷牙嗎？牙齒很重要的啊。」

被他那雙厚得像手套一樣的手揉著臉，光思郎繼續搖頭。

（就跟你說不是了啊，是我名字的由來啦！）

光思郎會向來由三年級的代表負責寫日誌。筆記裡寫了飼料分量和身體狀況的變化，還有其他大家注意到的細節。上面一定也寫了命名的由來。

伊藤走到房間角落的書架。

「光思郎名字的由來上一本日誌裡應該有寫吧。」

（伊藤懂我……）

伊藤一邊翻閱著老舊的日誌頁面，一邊走回來。

「光思郎會的日誌用的是五年連用日記吧。剛好在我們入學那年開始用第二本。」

「哪裡哪裡？給我看看。」

兩人一起坐在田中搬來的圓凳上。

「我記得應該是當時學生會長的名字吧……有一隻小狗迷路到八高來，後來有人發起連署，希望可以在學校裡養……啊，就是這個。昭和六十三年度的畢業生。」

田中接過日誌，探頭過去看。

「喔……美術社，早瀨光司郎。真不錯的名字！」

「稱讚這個？這畫也很厲害吧？我聽說那隻小狗光思郎很愛叼著拖鞋跑走，人類光司郎每天早上都會甩著一頭長髮追在他身後。」

「聽起來這個人有點奇怪。」

話題開始轉向奇怪的方向。光司郎並不是學生會長，而且追光思郎的其實是其他學生，一頭長髮指的應該是優花。

不是！光思郎忍住想反駁的心情，抬頭看兩人催促他們梳毛。

牠試著搖了搖尾巴，但田中並沒有發現，繼續翻看日誌。

「這個很不錯耶，歷代畢業生寫下『今年印象最深刻的事』，平成二年度寫著是在甲子園地方預賽上演奏了PRINCESS PRINCESS的〈Diamonds〉。……現在還有演奏這首呢，我今年也聽到了。」

「雖然第一戰就輸了。」

「每次都這樣呢。平成三年度……上面只貼了F1日本大獎賽的門票。好酷喔！平成四年度『尾崎豐過世』。」

眼看田中完全不理自己，光思郎用鼻子蹭著伊藤的膝頭，催他替自己梳毛。

（伊藤、伊藤，你是不是忘了什麼？）

伊藤敷衍地摸著光思郎的頭，低聲說道：「對喔。」

「說到過世，洗拿去年過世了呢。」

「貼這張門票的人一定很受打擊吧。本田也退出F1了。」

田中伸手去拿第二本日誌。

「從這裡開始換新是嗎？平成五年度，去年的畢業生寫了什麼？將將！『日本職業足球聯賽開幕。暱稱J聯賽，加油！加油加油加油！！』原來是那首歌啊。這個人以前是足球隊的呢。」

（先幫我梳毛啦，梳毛！）

光思郎轉而用鼻尖推著田中的腳。可能是打棒球鍛鍊起來的，小腿肌肉非常結實。

田中終於一邊哼著歌一邊開始替光思郎梳毛。

「伊藤，你覺得今年的畢業生會寫什麼？」

伊藤開始梳前腳的毛，他微微偏頭。

「平成七年剛開始。昨天聯考，三年級應該還沒有這個心思。……負責寫的應該是鈴木學長吧。那平成六年的話……。」

「如果是鈴木的話，可能會是『歐力士隊鈴木一郎，揮出兩百一十本安打』。」

「不過鈴木是藝文社的，會不會寫『大江健三郎，獲得諾貝爾文學獎』？或是『麥迪遜之橋，今年依然大受歡迎』之類的？」

光思郎輕輕用鼻息將落在鼻尖輕飄飄的毛吹掉。

田中將纏在梳子上的毛弄乾淨。

「之前看了我爸買的《麥迪遜之橋》，我爸說，你還要等二、三十年才會懂這種心境。需要這麼久嗎？二十年後就是三十七。平成二十七年耶……雖然很難想像，到那時候我們都變成老頭子了呢。」

完完全全是老頭了。出聲附和的伊藤停下了動作。

「……到時候光思郎應該不在了吧。」

「狗的壽命有多長？」

光思郎漸漸打起盹，也一邊豎起耳朵。

他是怎麼回答的呢？光思郎實在太想睡，沒聽到答案。

隔天早上光思郎很早就醒了，牠在室內跑來跑去。不知為什麼，今天一直靜不下來，覺得全身都很煩躁。

就在牠跑累了停下來時，光思郎會社辦的門鎖打開了。

身穿運動服的工友藏橋走進來。

「早啊，光思郎。今天也很冷呢。」

搖著尾巴打招呼，光思郎跟在藏橋身後來到外面。附近還是一片昏暗，吐出的氣息都是白色的。

工友藏橋每天早上五點半來學校打開校舍門鎖和社辦大樓之後，他會前往隔壁的圖書館。

三層樓高的龐大圖書館屋頂有觀星穹頂，任何時候去都很安靜。可能因為位在校園邊陲，這裡很少有人經過。光思郎很喜歡在這棟建築物旁曬太陽、看著十四川旁的路樹，但是現在離太陽升起的時間似乎還有很久。

突然感到一股沿著地面傳來的聲音，光思郎停下腳步。

空氣開始微微震動。

身體不自覺地發顫，牠將尾巴夾在雙腿之間。

腳底傳來一股奇妙的熱。

熱度、空氣、聲音——。這從沒有過的感受，讓牠忍不住開始狂奔。牠擋在正要進入圖書館的藏橋面前。

「怎麼了？光思郎，怎麼叫得這麼激烈？」

藏橋停下角度。光思郎拚命將他的身體往外推。

（快逃！快逃，好可怕，藏橋伯！快逃！）

「你在叫什麼？光思郎，冷靜一點，光思郎！」

那個瞬間天搖地動，宛如有股力量從地面往上衝——。

＊＊＊

——身體彷彿被拋在空中，之後床開始激烈搖晃。

地震！上田奈津子全身僵硬。

睜開眼睛，房間裡一片漆黑。

房裡的東西發出喀噠喀噠的聲音。眼睛習慣了黑暗之後，發現放在床頭櫃的鬧鐘和音響組都在顫顫抖動，快要掉到自己頭上。

萬一掉下來會直接砸到臉。

雖然知道，但是她整個人無法動彈，就像被鬼壓床一樣。

就在她拚命想伸出手時，震動停止了。抓過時鐘一看，還不到早上六點。

「沒事嗎？」母親的聲音從一樓傳上來。

「沒事。」奈津子答道，打開房門。隔壁房間高中一年級的妹妹久美子也探出頭來。

「媽，久美也沒事。」

「姊，我再睡一下喔……。」

妹妹揉著眼睛漫不經心地說，又關上了門。

下了樓，一樓瀰漫著煤油爐關掉後的味道。

母親用圍裙擦著手，巡視著廚房牆壁和天花板。

「剛好要點煤氣爐的時候開始搖，嚇了我一跳。」

「爸沒事嗎？」

「應該沒事吧。他們那邊都有防震措施。」

父親工作的地方是市內沿岸區的某間石油化學精煉廠。由各種管線連接的大型工廠連續二十四小時運轉，連假日或新年假期都不能停下機器。父親的工作也是三班輪班制，他今天輪值夜班。

打開電視，上面顯示「東海地方出現強震」。岐阜和四日市為震度4。

「媽，是震度4。」

「搖得那麼厲害才4嗎?真可怕。」

正想關掉電視，又出現了「神戶震度6」的速報。

「媽！神戶震度6！奶奶沒事吧？」

奶奶一個人住在神戶。今年因為要考大學所以沒能過去，否則她每年都很期待暑假可以去奶奶家玩。

母親將無線電話的子機抵在耳邊，走進客廳。

重複打了好幾次電話，還是只能搖搖頭。

「不行，奶奶家電話還是打不通。」

「可能因為現在大家都在撥吧。」

兩人呆站在電視前，看著畫面。

電視上正在播報神戶當地記者傳來的電話快訊。當地雖然停電了，但是沒有棚架傾倒之類的狀況。

母親手上的電話子機響了。本來以為是奶奶，結果是父親打來確認安危的電話。通完話的母親長長呼出一口氣，交抱著雙臂。

「妳爸也打了電話去神戶，但是還沒聯絡上。小奈妳今天要去學校吧？」

「嗯，今天要自評，結束之後我馬上回來。」

昨天是星期一，但剛好是成人之日的補休日放假。之前的六、日是聯考。

雖然已經用報紙上發表的解答對過答案，不過今天學校裡要繳交大型補習班主辦的自評用評分表。透國全國考生提交的這張評分表，統計出自己在志願當中的順位，然後據此決定第二輪考試的報考學校。

她們繼續看著電視，但是還沒看到什麼新消息。

母親招呼著早餐已經準備好，奈津子回到廚房。母親好像又打了電話給奶奶，她表情凝重地放下了話筒。

「完全打不通，跟剛剛一樣。小奈，妳先吃飯吧。」

妹妹久美子最近早上只吃優格。雖然很關心電視上的後續消息，她還是跟母親兩個人在餐桌前坐下。

喝了一口味噌湯，母親突然想起。

「前天考試妳說考得還可以，大概有幾成把握？」

「還可以就是還可以啊。馬馬虎虎，跟事先想像的差不多。」

「妳這樣講我聽不懂。如果只是馬馬虎虎，那不去東京上這邊的大學不行嗎？」

「這邊沒有我想念的科系啊。」

才不是。奈津子暗在心裡這麼說，咬著煎蛋。

比起文科，理科更能有效得分，所以她選了理科。不過，她對生物、電機都沒什麼興趣，但是對法學、經濟、文學更沒興趣，真要說到適合不適合，可能是理科吧。她挑選志願的標準是自己能力所及的學校中分數最高、最有知名度的地方。這是發展的可能性最多，最有效率的選擇。有效率就是一種美。

但是醫學系除外。這個科系得花六年才能畢業。而且調查了之後發現，即使國考合格，將來要開業也很花錢。除非是繼承家裡的醫院，否則一直得擔心資金來源，這樣太沒有效率了。

吃完早餐，已經六點半多。雖然很擔心奶奶，但奈津子還是在母親催促下離開了電視機前。

走到洗臉台前，不知何時已經起床的久美子正在洗頭。

「久美，神戶發生地震了，震度6。一直聯絡不上奶奶。」

「什麼！真的嗎？」

久美子一頭濕髮就這樣抬起來。

「等一下！滴下來了滴下來了，妳頭髮的水！」

她的頭馬上回到洗臉台上，模糊悶沉的聲音跟水聲一起出現。

「奶奶沒事吧？」

「不知道，還沒有消息。妳過去一點。剛剛顧著看電視，沒注意時間。」

推開久美子，開始整理儀容，為了趕上七點五分那班電車，奈津子急急忙忙推自行車出門。

遲遲沒聽到進一步消息，她帶著不安的心情進入校門，白色毛茸茸的狗出現在視線中。

是這所高中養的狗，光思郎。

牠總是坐在校門旁，等著上學的學生來摸摸，但是今天卻坐立不安地一直在中庭裡亂跑。

「等等，光思郎！回來，別跑！」

一個男生從杜鵑花叢那頭跑過來，是同班的鈴木賢人。

光思郎跑到自己眼前，奈津子只好雙手按住狗的身體將牠抱起。

懷中的光思郎有點不受控。奈津子輕撫著牠的背，這才漸漸安靜下來，把下巴放在奈津子右肩上。

鈴木跑過來。

「謝謝啊，上田，真是幫了大忙。很重吧？」

「也還好。」

光思郎已經是成犬，不過個子算嬌小，體重遠比外表看起來輕。全身蓬鬆柔軟的毛好比一隻填充玩具。之前沒怎麼留意，但是像現在這樣抱起來後，發現還挺可愛的。

「光思郎，你在女生面前倒是挺老實的啊。」

摸摸光思郎的頭，鈴木在項圈上裝了牽繩。

「裝牽繩啊？好像很少會這樣？」

「今天光思郎特別亢奮。怕牠跑出學校，以防萬一裝個牽繩。」

這隻狗總是自由自在地在校內活動，偶爾還會躺在教室後面，那樣子看起來就像一起在聽課一樣，老師們也都不曾抱怨。甚至在藝術選修課的美術課中，一年級第一堂課就是以光思郎為模特兒畫畫。

輕撫著光思郎的背，牠開始左右搖著尾巴。繼續摸著摸著，牠抬頭聞起奈津子臉頰的氣味。

「妳看起來很習慣嘛。」

國中時奶奶養的狗差點跑到大馬路上時，奈津子也是一樣抓住牠。當時狗是因為被妹妹放的爆竹聲音嚇到才逃走的。

「這隻狗好像在害怕什麼。」

鈴木溫柔地摸著光思郎的頭。

「因為地震搖得很厲害的關係吧。我一個學弟的姊姊住在神戶，一直到剛剛都還聯絡不上。」

「我奶奶也住神戶，電話還打不通。」

一個膚色白皙的男生跑來，跟上學學生的方向逆行。他把波士頓包的把手當成後背包的肩帶揹在身後，臉色顯得很驚慌。

「啊，就是他。」鈴木對跑過來的學生舉起手。

「他就是我剛剛說的學弟。喂！伊藤，怎麼了？」

「我要回家。」

那個叫伊藤的男生停下腳步，肩膀上上下下喘著氣。

「怎麼搞的，都快喘不過氣的樣子。發生什麼事了？」

伊藤手撐在雙膝上，駝著背。他的肩膀劇烈地搖動。

「我、我媽、叫我先來學校，我就來了，但是、我呼叫器收到聯絡。打了電話過去，聽說神戶……電車脫軌、大樓倒了。現在聯絡不上我姊。我家、現在只有我媽一個人、我得先回去。」

「什麼，哪裡？神戶的哪裡？」

「不知道。」伊藤都快哭出來了。

「我在工友室的電視裡看到，到處都燒起來了，高速公路的高架塌下來……。這不是普通的地震，是大地震。」

懷中的光思郎開始掙扎。奈津子控制不住，將牠放到地上。鈴木看看手錶。

「你是走路來的吧。腳踏車借你，我馬上牽過來，你在這裡調整一下呼吸。上田。」

鈴木遞出紅色牽繩。

「不好意思，能幫我把光思郎帶去藏橋先生那邊嗎？」

「工友室嗎？」

「對。」鈴木衝向自行車停放處。

「順便去看一下電視啊，妳應該很擔心妳奶奶吧。」

光思郎開始狂奔。奈津子被牽繩拉著，也跑過中庭。

跑進工友室，藏橋和幾位老師正在榻榻米房間裡盯著電視看。

看到眼前的影像，奈津子不由得倒吸了一口氣。

高速公路倒塌。崩塌的高架邊緣卡著一輛險些要掉落的公車。

伴隨著緊張的直升機聲，畫面一轉。市區各處都升起濃煙。

跑馬燈接二連三地打出火災地區的資訊。奈津子看到地名後呆站著不動。

起火燃燒的正是奶奶住的街區。

她將光思郎交給藏橋，踉蹌地一路跑到福利社的公共電話前。

打電話給母親，這才知道父親結束夜班正要回家，一準備好就要開車去奶奶家。

自評結束後她急忙趕回家，父親已經出發。每隔幾小時就會打公共電話回來，詢問奶奶是否平安，但神戶的電話還是打不通。

到了傍晚，奶奶終於打來電話報平安，然後聲音虛弱地說到當地缺水，如果要過來希望可以帶水來。

兩天後的晚上，父親精疲力盡地帶奶奶回到家。

父親的車開到神戶附近，但是因為塞車一直無法前進。於是他肩扛裝了水的塑膠桶沿著鐵軌走，來到奶奶避難的地方。

奶奶家半毀的房子因為失火，幾乎沒來得及帶任何東西出來。

「昭子、高雄，你們不用顧慮我，看你們的電視吧。」

晚上九點半，奈津子突然想喝咖啡，來到一樓廚房，忽然聽見奶奶的聲音。

探頭看看起居室，隔著一扇紙門，奶奶正對父母親的房間說著。黑色毛衣和休閒褲。這是奶奶帶出來的少數衣服之一。

隔了一會兒，聽到父親的聲音。

「不要緊，媽，妳看妳想看的節目吧。」

「我要躺著用耳機聽收音機。你們想看什麼電視就看，沒關係的。」

「沒事，妳睡吧。」

「這樣啊……不好意思啊，給你添麻煩了。」

奶奶在父母親房間的紙門前低著頭。奈津子對著那小小駝起的背影說：

「奶奶，妳要不要喝咖啡？」

奶奶看著奈津子，淒然一笑。

「會睡不著的，我就不喝了。」

奶奶鑽進鋪在起居室一角的棉被裡。

「奶奶，妳要睡了嗎？那燈呢……。」

「別關。」

「好，我開著。」

一月十七日凌晨發生的阪神淡路大地震，以神戶為中心截至一月底共有五千多人喪生，傷者有四萬多人。

災後兩天，奶奶住進這個家，已經過了兩個星期。關於地震那天發生的事她絕口不提，但是晚上她不換睡衣，總是穿著外出服睡覺，也表示不想關燈。

紙門打開，父母從房間走出來。

母親對奶奶的棉被說：

「媽，不好意思我從妳枕頭邊過一下。」

「不用在意。」

穿過起居室，兩人進了廚房。表情都很陰鬱。

「小奈。」母親看著咖啡壺。

「咖啡等等再泡，到樓上我有話跟妳說。」

奈津子停下折濾紙的手，看著父母親。

「大學的事嗎？那在這邊說就可以啦？」

「跟久美子也有關。」

父親聲音低沉地說，爬上樓梯。

「講升學的是嗎？」

「對啊。」母親簡單回答，跟在父親後面上了二樓。

奈津子來到二樓，父親敲敲久美子房門。

「久美子，可以進去嗎？媽也一起。」

「啊？」久美子發出不滿的聲音。

「這麼突然，要幹嘛？」

「我有話跟姊姊還有久美子說。」

「那去樓下說啊。」

「樓下不方便。」

「我房間很亂，爸爸進來我也不方便。」

久美子房間裡放了很多化妝品和顏色鮮豔的衣服。母親睜一隻眼閉一隻眼，父親可能會大發雷霆，說不像高中生。

奈津子打開自己房門，對父親招招手。

「爸，那來我房間說吧。……但是為什麼不能在樓下說？」

「不是要講升學的事。」

進房間後母親壓低了聲音。

從她的口氣可以察覺應該是要談奶奶的事，奈津子坐在書桌的椅子上。

奶奶現在都睡在一樓起居室。不管誰開口邀請，她都不外出，她現在一整天的生活就是待在起居室聽收音機，要不然就看電視。

這個家很小，沒有客房。二樓兩間房間是奈津子和久美子的房間，一樓是父母的寢室和起居室，再來就是廚房浴室等空間。

偶爾有親戚來，就會像奶奶現在這樣，鋪了棉被在起居室裡睡。只住幾天倒還好，但是要生活在一起就會產生許多不方便。

首先覺得困擾的就是電視的問題。家中唯一一台電視放在起居室，父母親和妹妹都不好意思像往常那樣看電視。

「我進去嘍。」父親打了聲招呼，走進奈津子房間。之後一臉不情願的久美子也跟在身後。

父母親坐在奈津子床上，久美子坐在地板上雙腳往前直直伸出。

「久美子，這麼沒規矩。」

「先不要說這個啦，爸，你這麼突然要跟我們說什麼？」

「是奶奶的事。」母親語帶遲疑地開了口。

「一直讓奶奶睡在客廳，可能沒辦法顧及彼此的隱私不是嗎？所以我跟妳爸討論過，久美可以把妳房間讓給奶奶嗎？然後妳們兩個暫時共用小奈的房間。」

「啊！」姊妹同時驚呼。

母親將食指抵在唇前，就像在說她們聲音太大。

父親依然表情陰沉，搖搖頭：「她應該聽不到。」

「她耳朵裡一直塞著耳機聽收音機，是在顧慮我們。其實很想聽電視的聲音，還是把電視讓給其他人……。」

「我也一直在顧慮她啊。」

母親語氣強硬地說。

「晚上要去上廁所、早上進廚房，都得經過媽的枕頭邊，每次都要跟她道歉。跟你說話的時候也得壓低聲音怕吵到她。廚房裡媽煎的藥味道一直散不掉，我還不是什麼都沒說、一直忍著。」

父親交抱雙臂，閉上眼睛。

「還有我。」久美子舉起手。

「早上用洗臉台的時候也是，我很想洗頭，但是奶奶保養假牙都弄好久。」

「久美，這一點我也有話要說。妳晚上明明也洗頭了，為什麼早上還要再洗一遍？最近水費和瓦斯費都變多了。」

「我又不是現在才開始洗。怎麼又變成我的錯了？」

「現在先不說這個。」

父親打斷她們，看著久美子。

「反正事情就是這樣。久美子，妳把房間整理出來，先搬去姊姊房間。」

「啊～可是……」

久美子站起來指著書桌。

「姊姊都念書念到很晚，燈亮著我會睡不著。再說這樣也會打擾姊姊準備考試。」

「我也不要。久美那些衣服還有亂七八糟的東西，放不進我房間的。這麼小的房間擠兩個人我會分心，這樣沒辦法念書。」

「早知道會跟奶奶一起住，還可以先做準備……。」

「那妳說該怎麼辦？難道要我把媽丟在避難所不管嗎？」

母親嘆了一口氣，父親壓著聲音說：

「我沒有這樣說啊，但是太突然了嘛。」

「媽也是啊！她才是最覺得突然的人啊！」

「我知道啊，所以現在才……」

門外發出了「咚」的輕微聲音。

母親掩著嘴，父親看著走廊的方向。

奈津子從椅子上起身，打開門。

走廊上放著裝了四人份咖啡的托盤。望向樓梯，奶奶正慢慢走下樓。

久美子也從房間走出來。

「糟了，奶奶聽到了嗎？姊，妳覺得呢？」

「我也不知道……大概聽到了吧……。」

拿著托盤的母親垂著頭，父親胡亂抓著頭。

「夠了！」奈津子不耐地回到房間。

「我知道了，我跟奶奶一起睡這個房間，怎麼樣？等到我考完試，再過兩個月就會離開家裡。到時候奶奶可以住我房間。」

「那妳念書怎麼辦？」

手裡還拿著咖啡托盤的母親問道。

「我在學校圖書館念。反正我本來就這麼打算，晚上可以用廚房餐桌。只會回房間換衣服跟睡覺。這樣奶奶應該也會輕鬆一點。」

「但是……。」父親沉著臉。看到他的表情，奈津子又加強了語氣：「就這樣吧。」

「麻煩死了。再這樣囉哩囉唆討論也沒有人願意讓步，說不出個結果的。奶奶跟我睡同一間。這是最有效率的方法。」

考上東京的工科大學後，三月中旬就要去東京。這麼一來不到兩個月就可以把房間移交給奶奶。

這樣效率多好。以數學來比喻，這才是個漂亮的解法。有效率就是一種美。

「抱歉啊，小奈，真的對不起。」

二月中旬，凌晨三點。奈津子回二樓房間時睡著的奶奶起身。

奈津子小心避開奶奶的棉被，回到自己床上。

「奶奶，妳每天嘴上都這樣說，真的不用跟我道歉啦。」

「但都是因為我，給妳添了這麼多麻煩。」

「不會啦，快回被子裡。」

小燈泡的燈光把奶奶的白髮染成淡橘色。她個子本來就嬌小，最近好像又變得更小了。

奶奶怯生生地進了棉被躺下。確認她躺好之後奈津子才躺上床、戴上眼罩。

睡在起居室時，奶奶每天早上都會把棉被疊好，靠在棉被堆上一整天看著電視。可是自從睡在二樓，她也不疊棉被了，一直躺著聽收音機。

「對不起啊。」奶奶再次道歉，聲音微微顫抖。

「小奈這麼重要的時期……。」

這些話她也每晚都說。不管奈津子上二樓時多麼小心，奶奶還是馬上睜開眼睛醒來，然後不斷說著這些道歉的話。

「奶奶……。」

奈津子有些不耐煩地開口，但語氣卻超乎自己想像的強烈。

「我已經說過很多遍了吧，不用跟我道歉。妳該不會是故意的？因為討厭我在妳睡到一半時進來？因為我太吵了？」

「沒有這回事。」奶奶用力強調。

「我很佩服小奈啊，天天都這麼用功。」

「我會去大學的，到時候這房間就會空出來了。妳再忍耐一下吧。」

「妳別這樣說啊……。」

「那妳就別跟我說這些道歉的話啊。」

奈津子聽到吸鼻子的聲音，拿下眼罩。

「妳不要說這種話，小奈不在，我會覺得很寂寞的……。」

奶奶在燈泡光線下啜泣。

奈津子受不了奶奶的哭聲，往放在床頭櫃的音響伸手。正要戴上耳機，聽到奶奶說：

「小奈……喜歡音樂嗎？」

「也不知道這樣算不算喜歡……。」

「妳……平常都聽什麼？」

「我說了妳也不知道。」

「也是。」奶奶又吸著鼻子。

她寂寥的語氣讓奈津子有些歉疚，把耳機放了回去。

去神戶玩的時候，奶奶總是一口濃重的關西腔。但是來到家裡之後她總是盡量不說方言。

這個地方的方言混雜了關西腔跟名古屋腔。奈津子用比平時更重的關西腔腔調對奶奶說：

「我在聽Mr.Children這個樂團的歌。〈innocent world〉還有〈Tomorrow never knows〉這些歌。」

「沒聽過呢。」奶奶深深嘆了口氣。

「那個土摸螺什麼的……是什麼意思？」

「『明天會發生什麼永遠不知道』的意思。」

就這樣，奶奶沒再說話。

大概是睡著了吧。奈津子瞥了一眼。

奶奶的棉被微微顫動。她看了一驚，急忙起身。

奶奶把臉抵在枕頭上，忍著不發出聲音哭著。

「明天、會怎麼樣……真的……真的不知道呢。」

奈津子覺得自己好像看了不該看的東西，躺下望著天花板。

奇羅。奶奶喃喃叫著。那是奶奶家養的狗。

奶奶。奈津子猶豫了半晌，開口問道：

「奇羅現在怎麼了？寄養給別人了嗎？如果是的話，差不多可以去接牠了吧？」

奇羅如果在，奶奶的心情應該會好一點。要是一起去散步，奶奶可能會願意外出。不喜歡動物的父親一定拒絕奶奶帶奇羅來。

奇羅。奶奶又唸著牠的名字。

「奇羅死了……。」

「什麼時候？該不會是死在地震裡？」

「那天早上奇羅在小屋裡一直汪汪叫。我正要出來罵牠，為什麼叫得這麼厲害，那一瞬間立刻天搖地動……。我是得救了，但是奇羅卻被壓在屋瓦下……。」

不只是奇羅。奶奶模糊的聲音繼續說道：

「對面那家人的孩子……，那個小孩子也……。雖然大家一起幫忙從屋頂下把人挖了出來……但是那孩子身體漸漸冷透了……。」

奶奶的背開始激烈抖動，在棉被裡露出了肩頭。

「我什麼忙也幫不上。只能拚命輕拍著她奶奶的背……。」

奈津子下了床，跪坐在奶奶棉被旁。

奶奶的手指揪著枕頭邊。手也在顫抖。

「大家說可能會爆炸，得趕快逃走……但是我沒辦法馬上走。……那孩子的哥哥還在瓦礫堆下面……。可是火……火已經……。」

奶奶開始嗚咽。摸了摸她顫抖的背，感覺很熱。這感觸讓奈津子很驚訝，她抽回了手。嚴冬時節，奶奶瘦骨嶙峋的背竟然都是汗。

「對不起、對不起啊，小奈。」

「沒關係啦，我一點都……妳不要道歉。奶奶又沒有做錯事。」

她很想安撫奶奶，但又不知道該怎麼做。奈津子怯生生地將手放在奶奶肩上。

奶奶將自己的手疊上她的手，開始痛哭。

「為什麼我這種老人活下來……那些年輕的孩子卻……。還給高雄和昭子添這麼多麻煩。」

「奶奶……水、我去拿水。」

奈津子將手移開奶奶的手下，奔下樓梯。

她一把抓了洗手間的毛巾，在杯裡裝了水後衝回房間，奶奶正用面紙擦著臉上的眼淚。

被電燈泡染成淡橘色的這幅光景，就好比電影裡的回想畫面一樣。碰到奶奶濕潤的手，這才將她喚回現實。

「奶奶，妳喝水。沒關係的，沒有人覺得妳麻煩。真的，我是說真的。」

喝完水後奶奶躺下。奈津子替她蓋上棉被。

奶奶深深吐出一口氣，閉上眼睛。

「小奈……妳要唸工學院嗎？」

「啊？……嗯，對啊。」

「那妳以後要蓋個不管發生什麼都絕對不會倒的堅固房子。」

「又不是要唸建築系……。」

「小奈是個善良的孩子，不管讀什麼，一定都可以幫助更多人。」

是嗎？

奈津子其實不知道自己想做什麼，她是個以學校分數和效率好壞為基準來判斷事情的人。因為喜歡一個人輕鬆待著，也沒有往來親密的朋友。

奈津子端坐在奶奶枕邊，俯瞰奶奶的臉。

「奶奶……妳很寂寞嗎？」

「大家都一樣寂寞。不過……。」

奇羅。奶奶輕聲唸著。

回想起全身雪白的奇羅，奈津子腦中就浮現了光思郎的樣子。

為了轉移奶奶的注意力，奈津子努力地找話題。

「我們學校有裡有一隻狗，全身都是蓬鬆的白毛。」

奶奶沉默地閉上眼睛。

「我們高中叫八高，不過那隻狗的名字不叫八公，叫光思郎。牠在學校裡過得很自由，會在教室睡覺或者是去追棒球隊的球。」

奶奶什麼也沒說。這也是當然。聽到一隻不認識的狗，對她來說應該沒有任何安慰的意義吧。

端坐的腳有點麻了。就在她輕輕改換姿勢的時候，奶奶問道：

「那學校的老師……都沒說什麼嗎？」

「妳說光思郎嗎？沒有啊。光思郎已經在學校很久了，可能比有些老師待的時間更長。」

「所以是前輩啊。」奶奶悄聲說道。「對呀。」奈津子說。

「是光思郎學長。」

眼下奶奶的臉似乎露出一點笑容。奈津子對著那張臉輕聲說：

「奶奶，妳來參加我畢業典禮吧，可以見到光思郎喔。」

「白色毛茸茸的小狗。」

奶奶露出一點微笑。終於聽見她平靜的呼吸聲。

來到這裡之後，奶奶第一次外出買新衣，跟母親一起參加了奈津子的畢業典禮。

考上第一志願的大學，前往東京的那天早上，奈津子把畢業典禮時拍的照片交給奶奶。祖孫兩人中間夾著光思郎拍下的照片。

奶奶瞇著眼看著那張照片。

「啊，可愛、真可愛。就好像奇羅跟小奈站在一起一樣。」

奶奶摸著照片裡的光思郎，小心翼翼地將照片放進口袋，然後掏出了一個白信封。

「小奈，這個妳拿去，買點東西在新幹線上吃。」

「不用啦，東京一下子就到了，根本沒時間吃東西。」

她將信封還給奶奶，但奶奶推了回來，力氣出乎意料的大。

「別這麼說，沒時間吃東西，那就拿這個錢去買唱片吧。」

「現在已經不賣唱片，是CD的時代了。」

「西低？那這些錢夠買西低嗎？還是不太夠？」

「夠啦……。但是真的不用了，奶奶。妳用這些錢去買電視吧。這樣妳就可以悠閒地在二樓看電視了。」

這是五天前的事。

早知道就該收下的。

躺在起居室裡佈置的祭壇前守夜，奈津子出神地想著。

前天早上，家人發現躺在棉被裡的奶奶已經全身冰冷。她在睡夢中離開了人世。

從東京的公寓回家，看見躺在起居室的奶奶。

摸摸她表情安詳的臉，感到一陣冰冷。這感觸讓奈津子想起那個冬天晚上觸摸到奶奶背後的熱度和汗水。

當時奶奶用盡全身力氣在哭泣。因為對那些心愛的、幼小的生命無能為力，她深深譴責自己。

如果是這樣，當時應該收下那筆錢的。

應該去買些喜歡吃的東西或者CD，然後對奶奶道謝。

身穿禮服的父親進了起居室，盤腿坐在奈津子身邊。

「抱歉啊奈津子。才剛去東京就馬上回來，一定很累了，還得讓妳守夜。」

父親的話讓她回過神來，奈津子儘量維持冷靜的表情，點亮蠟燭。

「我習慣熬夜了。媽跟久美比較辛苦吧，她們還得早起。」

母親跟久美子整理完喪禮後的宴席，正在小睡，預計凌晨四點起來換班守夜。

父親從禮服內口袋取出一張照片。

「這個我想跟妳商量一下，能不能把這張照片放進奶奶的棺材裡？如果妳不願意我就不放。」

是畢業典禮時拍的那張照片，兩人中間夾著光思郎，仔細看看奶奶跟自己長得有點像，兩人臉上都帶著笑意。

這樣看起來姊妹兩人的豐唇很明顯都是遺傳自奶奶。

父親一直盯著照片看。

「妳奶奶說：『這是小奈給我的』，一直很珍惜這張照片……。她過世的時候也把照片放在枕邊。妳如果同意，我想讓她帶著照片走。」

「可以啊，反正還有底片，之後還能再沖洗。」

「這樣嗎。」父親將照片收回口袋，拿出香菸，用火柴點了火。

「爸，你不是戒菸了嗎？」

「這種時候就讓我抽一根吧。」

父親慢慢地吸了一口煙，深深吐氣。

「奶奶死的那個晚上，久美子用打工的薪水買了草莓給奶奶……。她很開心地吃了，還提議週末大家一起去買推車。奈津子畢業典禮之後，奶奶開始漸漸願意外出。妳媽說怕她跌倒，要送她一輛購物推車……。」

父親仰望著吐出的煙霧，輕聲說道，那個晚上真好。

「但我還是很懊悔。來到這個家，妳奶奶她過得幸福嗎？」

「當然啦……。」

如果不這麼想，眼淚可能隨時都會掉下來。

父親頹下肩，彎著背。

「她身邊沒有朋友也沒有熟人。……奶奶那個家，是戰後從台灣被遣返後死命工作才終於到手的房子。當時她說，就算簡陋搭個屋頂牆壁也無所謂，不想離開那個地方，但我還是硬把她帶回這裡來……。」

父親緊咬著香菸的濾嘴。吐出煙霧時喃喃說的那些話，聽起來就像在自言自語一樣。

「真的很不甘心。如果什麼事都沒發生，說不定她現在還活著。」

父親好像在哭。奈津子別過臉去。

她真的不知道這種時候自己該怎麼辦才好。

因為事發突然，所以遲遲無法聯絡上奶奶在神戶的熟人。唯一一位能聯絡上的人也沒辦法來參加葬禮。最後只有自己家人送走她。

喪禮三天後的早晨，奈津子再次前往東京。

在新幹線裡睡了一路，來到東京車站時發現上空有好幾架直升機。

地下鐵全線停駛。看了看放在包包深處的呼叫器，有好幾通家裡傳來的訊息。

她很想打電話，但公共電話前大排長龍。終於輪到她打通了電話，母親流著淚不斷重複問：「妳沒事吧？小奈真的沒事嗎？」

聽說東京有好幾條地下鐵被施放毒氣，很多乘客都被送到醫院去。

搭上還在運作的地鐵好不容易輾轉換乘回到公寓，已經是兩個小時以後。她急忙打開電視，螢幕上是直升機的空拍畫面。

從上空拍攝的畫面可以清楚看到，許多人倒在地下鐵地上出口前，按著喉嚨和嘴巴，痛苦地躺在地上。

她想起兩個月前地震的影像。

當時奶奶就在電視上看到的那片煙霧下。她一定在崩塌的街道當中，拚命地呼救、哭泣。

自己總是只能在一旁看著，什麼也做不了——。

她發出不成話語的聲音。這不經意發出的聲音之大，連自己也覺得驚訝。不知不覺中，她握緊了拳頭。

真不甘心。自己什麼也辦不到。

緊握的拳頭慢慢舒展。

她鮮明地記起奶奶的背和手的觸感。

四月上旬，早上十點，奈津子帶著狗餅乾和玩具來到八稜高中。

光思郎早上通常會跟工友藏橋在一起，但是今天卻不在工友室。藏橋說，這幾天牠通常待在圖書館附近。

走到藏橋說的地方，光思郎果然坐在圖書館邊。

牠隔著鐵網眺望十四川那排櫻花樹。

開花時期人潮洶湧的河邊小道，現在顯得十分安靜。樹枝上長著茂密的嫩葉。清新的綠樹一直延伸到鈴鹿山群。

奈津子叫了光思郎，蹲在牠身邊。

「還記得我嗎？畢業典禮那天，我們跟奶奶一起拍了照喔。」

剛剛還在看櫻花樹的光思郎，用溫柔的視線看著奈津子，接著嗅起她的臉頰的味道。

「你記得嗎？真聰明。」

奈津子憐愛地用雙手摸著光思郎耳後根。那對圓滾滾的褐色眼睛，直盯著奈津子看。

「奶奶死了，但是她留下了錢，要我們去吃些好吃的東西。所以我帶了零嘴來給你，待會記得吃喔。」

嗅著臉頰味道的光思郎開始舔起奈津子的手。

「我跟你說喔……。」

好不容易考上的大學，她連入學典禮都沒有參加就退學。東京的公寓也退租了。

雖然父母親強烈反對，但她還是決定以醫學院為目標重考。入學金、上學期的學費，以及來到東京花費的錢全都浪費掉了，但她覺得是奶奶留下的東西從背後推了她一把。

奶奶在放郵局存摺的袋子裡夾了一張紙條，上面寫著扣除自己的喪禮費用，剩下的錢希望都用來資助孫女念書。另外還有一筆奈津子和久美子名義的定期定額存款，說是要用來送她們成人式的正式和服。

在那之後，奈津子重考一年順利進了醫學院，但今後還有六年、將近七年的時間要給家裡帶來負擔。所以她的志願只填了這附近國立大學的醫學院。

去東京那一天，奶奶本來想給自己的那包錢，也在遺物當中。她把其中的一半拿來買禮物給光思郎，剩下的一半，等到自己將來當了醫生，打算拿去買好吃的東西或CD。

這些話告訴一隻狗對方也聽不懂，但她還是說得很起勁。

「行嗎？我這樣真的行嗎？為什麼事到如今還要再上醫學院？萬一這次沒考上，還得重考怎麼辦？到時候又要增加爸媽的負擔。……。我怎麼會做出這麼沒效率的事？真是狼狽。」

光思郎用頭蹭著奈津子的肩膀。奈津子抱著牠的身體，感覺好溫暖。

「光思郎，你好溫暖哦。」

被舔著臉頰的奈津子笑了。好像受到了鼓勵。

摸著白狗的背，奈津子伸手擋住早晨的太陽。

明天會怎麼樣，沒有人知道，所以現在才要拚命地學習。用自己這雙手改變未來。

這雙手可以守護鮮活溫暖的生命。

用這雙手，掌握住明天的去向。

＊＊＊

把頭靠近高舉的手，就能得到溫柔的摸摸。

小奈。畢業典禮時，她奶奶就是這樣叫她的。

小奈的臉頰有杜鵑花蜜的味道。

那味道裡混雜著之前不好的味道。

光思郎很清楚那種帶著酸的味道。那是害怕時的味道。對某種東西產生恐懼時會出現的味道。光思郎舔著她的臉頰，想替她舔掉恐懼，那不好的味道終於漸漸淡去。

現在只剩下舒適如花蜜般的香味。

牠安心地搖搖尾巴，小奈笑了。

「謝謝你啊，光思郎。真開心看到你，我差不多該走了。」

小奈站起來，再次摸了摸光司郎的頭。

「你要保重喔，光思郎。」

（要道別了……）

要保重喔。每次聽到這句話，就表示要迎接漫長的離別。之前也有很多畢業生，一邊摸著自己一邊說著這句話。

小奈轉過身，慢慢走遠。

她的身影漸漸遠去，這時藏橋的腳步聲走近。

「光思郎，你果然在這裡。又有人來陪你玩了？」

光思郎被藏橋抱起，搖著尾巴。

「她是個善良的孩子，不只給光思郎，還帶了點心給我。」

光思郎輕叫了一聲，小奈轉過頭來。藏橋抓住光思郎的前腳，像人揮手一樣揮動牠的腳。

「光思郎，對她揮揮手吧，希望這孩子能過得幸福。老師們跟這些孩子可以在同學會上見面，但我們可能再也見不到面了。」

小奈腳步堅定地前進。早晨的光線，環抱著她的身影。

第四話　緋紅的夏天

平成九年度畢業生

平成九（1997）年四月～平成十（1998）年三月

梅雨過後，天氣開始放晴的七月午後，光思郎悠閒躺在操場防護網後。

鄰近近鐵富田山車站前的八稜高中，操場另一邊就是鐵軌。從防護網後方可以眺望車站月台，最近光思郎經常會到這裡來。

廣播傳出前往名古屋的電車即將到站。

人們起身，開始在月台上排隊。

搭電車到這所學校來的人，一定會在這個車站下車，然後再次從這個車站離開。自己的鼻子和耳朵比人類靈敏。雖然還有一段距離，可是只要待在這裡，當想見的人出現在車站時，馬上就可以憑味道和聲音知道。

電車駛進月台，光思郎在遙遠的聲響中尋找熟悉的腳步聲。

四個月前的春假，優花來過光思郎會的社辦。她帶了狗餅乾來，在社辦等了一陣子，回家前好像還在校舍裡找了一圈。

但當時自己卻在圖書館後方的牛皮紙箱裡午睡。箱底堆滿了十四川的櫻花花瓣，有著甜甜的香味。回到社辦之後優花剛離開。

聞到她坐過位子上留的香味，光思郎難過到發狂，不斷在房間裡亂跑。於是鷲尾政志這個學生帶牠到防護網後來。

一開始光思郎不明白為什麼不是去校門而要前往操場，奮力抵抗。這時鷲尾將牠輕輕抱起。

在鷲尾懷抱中，牠聞到一股乘風而來的懷念香氣。於是牠不顧一切掙脫開鷲尾的手，衝到防護網後，跳到鐵軌旁的鐵絲網上。

追在身後的鷲尾朝車站大叫：「鹽見學姐！」那懷念的香氣愈來愈濃，牠聽到了一聲：「光思郎！」

一個纖瘦的女人跑到眼前的月台邊緣來。以前的一頭長髮現在剪到齊肩，圓圓的臉頰也清瘦了幾分。

比以前長得更漂亮的她朝這裡笑著。

「光思郎，我很想念你呢，你剛剛去哪裡了？」

（我才想問妳去哪裡了！）

「不過沒關係，幸好見到面了，真開心，謝謝你啊。」

電車駛入月台。雖然被電車的聲音干擾，但那個人溫柔的聲音還是清楚地傳入了耳中。

「我下次還會再來，光思郎！」那次之後，光思郎就一直在這裡等待。

（優花、優花）

光思郎像唱歌一樣，叫著優花的名字。

（下次是什麼時候呢？優花？妳什麼時候會再來？）

自己的話語只會變成叫聲，所以最近牠幾乎不叫了。但奇怪的是，儘管如此有些學生還是能懂牠的想法。

第六堂課結束的鐘聲響起。

慢慢站起來，前往光思郎會所在的美術社社辦。

今天有人要來替自己梳毛。

經過玄關鞋櫃前，光思郎會的鷲尾正在三年級的鞋櫃前換鞋。

光思郎搖搖尾巴，走向鷲尾。

鷲尾梳毛的時候還會替自己按摩身體。每次牠都會舒服地睡著。

「喔喔，光思郎。你來得剛好，怎麼？是來接我的嗎？」

鷲尾稍微彎下身，兩手摸著光思郎脖子附近和下巴還有牠的背。

「真可愛。但是抱歉啊，今天換別人替你梳毛。」

一股餅乾般的香甜氣味傳來，鷲尾身邊站著一個眼神清冷的女孩。是青山詩乃。

一頭長髮的她，是這個學校裡最漂亮的女孩。

詩乃伸手拿下放在鞋櫃上段的鞋。鷲尾的味道變濃了一些。

（鷲尾喜歡這個女孩吧。）

聞了這麼多年學生的味道，牠發現人身上味道的變化會清楚表露出他們心情的變化，但是大部分人都不會將這種變化表露在臉上。現在鷲尾看起來也面不改色。人類分辨不出這種味道的變化。鷲尾的味道漸漸變濃，表示他強烈受到詩乃的吸引，可是她完全沒發現這一點。

光思郎蹲在詩乃腳邊聞她的味道。

優花還在的時候，女生的裙子很長，襪子得折三折。之後裙子一年比一年短，到了去年大家都露出了膝蓋。

裙子變短，但襪子卻愈來愈長。襪子實在變得太長，今年春天開始，幾乎每個女孩都穿起鬆鬆垮垮的長襪子。

其中詩乃的襪子不僅長，在小腿肚左右就開始出現皺褶，然後堆在腳踝左右。

這種叫泡泡襪的襪子開始流行之後，光思郎就能強烈地感受到女孩的味道。因為之前被長裙蓋住的腳，現在都直接裸露，肌膚的味道直通鼻子。

鷲尾蹲下來，拿出自己放在鞋櫃下段的鞋。他趁勢瞥了一眼詩乃的腳，又馬上把視線移回前方。

（原來鷲尾這麼喜歡這女孩啊。）

怎麼不找她說話呢？鷲尾一臉若無其事。他朝向詩乃發出的那股煩惱的味道正瀰漫四周，幾乎令人窒息。
詩乃脫下拖鞋。光思郎叼著開始跑。
「啊！」一聲嬌柔叫聲之後，是鷲尾通透的喊聲追在後面。
「光思郎，回來！」
鷲尾很快就抓住光思郎，拿著拖鞋跑回詩乃身邊。
「青山，拿去。」
鷲尾語氣冷淡地將拖鞋遞給詩乃。
「應該沒有弄得太髒，如果不喜歡，光思郎會裡準備了新拖鞋。」
「不用，謝謝。」
詩乃乾脆地拒絕，離開了玄關鞋櫃。光思郎抬頭看著鷲尾，有種恨鐵不成鋼的感覺。
（鷲尾，你說話就不能溫柔一點嗎？）
「不要這樣看我啦，光思郎。想要拖鞋就咬我的啊。」
（不是啦。不要、我不要！）
鷲尾將拖鞋湊近光思郎鼻子附近，光思郎用力別過頭。男孩子在拖鞋裡悶了一整天的腳，那味道實在嗆鼻。

「啊，好久沒看光思郎這樣了。」

光思郎會的兩個女生出現。其中一個留著短髮，另外一個肩膀上垂著麻花辮。

麻花辮女孩摸了摸光思郎的頭。

「以前很常叼著拖鞋亂跑呢。鷲尾還真厲害，那麼快就能抓住牠。」

「光思郎也上了年紀，抓住牠不難啊。」

（是我故意讓你抓到的吧，我在幫你們製造說話機會耶。）

光思郎帶著抗議的意味抬頭看著鷲尾，但是對方並沒有接收到。鷲尾對兩個學妹揮揮手。

「我今天得回家幫忙，光思郎就麻煩妳們了。」

「又到了那個日子啊。」

短髮女孩了然於心地點點頭，麻花辮女孩握緊拳頭輕輕揮著，像在激勵對方。

「加油啊！但是不要忘了我們。」

「要好好練習哦。」

目送鷲尾離開，兩人走向光思郎會所在的社辦大樓。

短髮女孩回頭看看玄關鞋櫃。

「咦？剛剛那是青山的拖鞋吧？」

「光思郎也是公的，果然一樣喜歡美女的拖鞋。」

麻花辮女孩環顧四周，壓低了聲音。

「但是人長得太美也很麻煩，聽說她從國中就開始援交耶。」

「被傳這種謠言也太可憐了。青山她很認真的，不管在電車裡還是任何地方，隨時隨地都在看單字卡。看起來對男人沒什麼興趣的樣子。」

一股懷念的香味輕輕飄來。光思郎忍不住停下腳步，聞著地面上的味道。

「光思郎，快過來。」

麻花辮女孩再次壓低聲音。

「對了對了，說到謠言，聽說那個學生會長來了？就是光思郎名字來源的那個人。」

「長髮的學生會長？」

「對啊，赤腳追著叼走拖鞋的光思郎，為人很活潑的光司郎。」

「太好了。光思郎，你一定很想念他吧？」

（你們說的那個人到底是誰？……）

麻花辮女孩輕輕摸著自己頭髮。

「但是在這間學校裡，留長髮的男生很少見吧？不知道是什麼樣的人？是不是像木村拓哉、江口洋介還是《犬夜叉》裡的殺生丸那類型的人？」
「看妳說得那麼順口，最後那個人是漫畫裡的吧？至少也說個人類好嗎？也有可能是武田鐵矢啊。」
「鐵矢喔……。」
聽麻花辮這麼說，短髮女孩一臉認真地回覆。
「武田鐵矢很帥的。妳知道『刑警物語』裡的衣架雙節棍那招嗎？那二頭肌一定有練過，我覺得超絕的。」
「我是不知道絕在哪裡啦。反正我們學校的學長不可能那麼帥。」
懷念的氣味愈來愈濃，光思郎拔腿狂奔。
（光司郎？該不會是那個光司郎？）
光思郎會所在的美術社辦門沒有關。好久沒聞到的這個味道讓牠情緒高漲，光思郎衝進社辦。
一個高個子的男人轉過頭來。身後的女孩中一陣鼓譟。
「這什麼，太絕了吧，光司郎。」
「雖然不是長髮，但挺讚的啊！」

「我不是學生會長，也從來沒留過長髮。」

「這就像是一種傳話遊戲。」

五十嵐笑著，替光司郎杯裡倒滿咖啡。

人類光司郎來到光思郎會送了些捐贈物品，之後到美術教師五十嵐的美術準備室喝起了咖啡。

五十嵐喝了一口咖啡，笑著說：

「也就是說，光思郎會玩了將近十年的傳話遊戲。也難怪內容會變得這麼奇怪，但至少不是不好的方向，也無所謂吧。」

「不過我剛剛聽了很多不同版本，『光司郎帥哥傳說』或這『活潑的學生會長版本』等等，本人這麼普通還真是抱歉。」

（才不普通呢。）

光思郎用頭蹭著光司郎的腳。

光思郎會的學生們都因為傳說中的學長來訪感到很高興。其中一個人還用稱之為「呼叫器」的小小機器發送了訊息，召集有空的會員一起聚集，拍了紀念照。

會員當中尤其女生的反應特別強烈。在大家窸窣耳語之間，可以聽到類似「光司郎學長」是「超帥」的人物，「根本不應該有這樣的美術老師」、「現在馬上想轉學」

等聲音。

也不知想起了什麼，五十嵐笑了出來。

「竟然還找了攝影社的學生來拍紀念照，我都忍不住笑了。最近的孩子想得真周到。」

「還能這麼快用呼叫器聯絡大家。我們那個年代根本想像不到有什麼呼叫器或者PHS，真沒想到會這麼普及。」

「以前打電話到女朋友家，通常都是對方家人接的，緊張得要命。如果被對方爸爸接到，那更是……。」

「老師也有過這種經驗嗎？」

「有啊。要約見面也很不容易，不知道對方會不會出現，一直忐忑不安地等著。」

「就是啊。」光司郎摸了摸光思郎的頭。

「回想起以前，正因為這樣所以見面時特別開心。有時候因為太開心，態度就變得很冷淡。……同樣年紀的女孩子總是比較成熟，擦了不符合自己年紀的古龍水，馬上就會被看穿自己在強裝成熟。」

「你這些細節也太真實了吧。」

「一回母校就會勾起這些回憶。同樣是學校，這裡還是跟工作的職場不同。不過我教書的生涯也要告一段落了，能夠重新當學生真的很開心。」

「什麼時候去義大利？」

五十嵐看著光司郎帶來的照片和資料。

「這個月底。那邊藝術學校都是九月開學，但我想早一點去學學語言，也適應一下生活。」

「真的是很大膽的決定呢。」

喝著咖啡的光司郎把杯子放回桌上，換上嚴肅的表情。

「我在就業冰河期找到了工作，要不要放棄這份得來不易的工作也煩惱了很久。但是我總覺得，心裡好像丟失了某個東西。回頭想想我到底丟掉了什麼，大概可以追溯到十八歲時的選擇。我對現狀沒有什麼不滿，也過得很舒服。一方面覺得就這樣過下去也沒什麼不好，但另一方面，我感覺如果現在不採取行動，可能再也沒有辦法找回失去的東西。」

「是不是很幼稚？」光司郎難為情地笑了。

「那有什麼關係。」五十嵐拍拍光司郎的背說。

「你這個人有時候就是太看得開，稍微幼稚一點剛剛好。打算去幾年？」

「先去三年吧。但是我會想辦法希望能一直留在那邊。」

光司郎望向操場。

銅管樂隊部的單簧管樂音從敞開的窗戶流洩出來。上個月開始練習的這首曲子叫〈CAN YOU CELEBRATE？〉

「再過不久就二十八了。」光司郎輕聲說著。

「高中畢業大約十年，出社會五年，真的一眨眼就過去了。快滿三十的這個時期，就是我人生的轉換期。」

「或許吧。鹽見她春天也來過。」

進到這個房間之後光司郎淡淡的氣味此時瞬間變濃。

「她還好嗎？」

「聽說要結婚了。」

光司郎的味道一變，更加強烈。但是他跟鷲尾一樣，臉上面不改色。

「我差不多該走了。」

光司郎站起來，跟五十嵐握了手。

「去吧，光司郎。把你丟掉的東西找回來。」

道別之後，光司郎離開。五十嵐抱起光思郎，從窗邊目送他走。

光司郎的味道跟他剛剛來的時候，完全不一樣。令人懷念的味道讓光思郎瘋狂地對著他遠吠。光司郎轉過頭來。

電車的聲音夾雜在銅管樂隊部吹奏的旋律中響起。

＊＊＊

下課後，拿著放在學校置物櫃的換穿衣物，前往近鐵富田山車站。從這裡到名古屋車站後，在廁所補妝，換上白襯衫、紅緞帶，還有深藍迷你百褶裙，來到跟男人約定的地方。直接把八稜高中的制服裙子改短顯得太土，而且萬一被發現是哪間學校的學生就糟了，所以跟男人見面的時候，總是會換上藏在置物櫃裡的制服風服裝。

在KTV裡回應男人的要求，連續唱著安室奈美惠的組曲，〈SWEET 19 BLUES〉之後，是二月剛出的〈CAN YOU CELEBRATE？〉。外行人唱起來每一首都不怎麼樣，但是對著這個喜歡迷你裙、不穿絲襪加泡泡襪打扮的三十多歲男人唱著，對方果然如同預期的興奮了起來。

之後他們到飯店休息。完事後仔細沖了澡清洗身體，把男人的痕跡洗得乾乾淨淨後，再往地板噴了一下香奈兒的Allure，讓香水噴霧包圍著自己的腳趾甲。

所有同學，當然包括老師都不認識這個放學後的青山詩乃。要是知道可不行。一定馬上會被退學。這麼一來以後的計畫就完全被打亂。一定得瞞到底。在教室時為了不引人注目，也會穿稍微長一點的裙子。

用浴巾裹著身體走出浴室，男人正在床上抽著菸，一邊玩著蛋形的攜帶型遊戲機。這個叫「電子雞」的鑰匙圈形遊戲機，進入今年之後在女高中生之間大流行。最近到處都缺貨，很難買到。

詩乃一邊喝礦泉水一邊看著男人手上的東西。

「那個好玩嗎？」

「只是覺得可以當聊天話題才試試看的，還算有趣吧。」

在名古屋市內經營餐飲店的這個男人是個富二代。透過國中時當自己家教的大學生介紹，詩乃去年開始接受這個男人經濟上的援助，開始交往。

男人將電子雞放在床上，雙手夾著詩乃的臉頰。

「對了詩乃，今天太折騰妳了。有什麼想要的東西嗎？什麼都買給妳。」

「想要的東西？」

預算大概多少？這一點先說清楚。

其實也不用這樣賣關子，乾脆把金額直接加在今天的零用錢上就得了。這樣自己就能把錢花在更有意義的地方。

「詩乃，那妳再看看有沒有想要的東西？」

男人捻熄了菸，走進浴室。詩乃盯著電子雞看了一會兒，然後丟到枕頭上。

想要的東西？光明的未來，穩定的生活，幸福的家庭，無償的愛。

想要不求回報的愛情。想要沒有金錢關係也能持續的愛。聽起來似乎有點矛盾。

自己不需要友情。如果身邊有情人或丈夫，比起朋友，一定會把男人放在前面。自己是這麼想的，身邊的人一定也一樣。自己辦不到的事，不能要求別人。

但偶爾她也會想，假如自己獻給別人無償的愛，對方說不定也會回報以相同的東西。

但是這一定很難。相隔兩地的父親，雖然提供養育費，可是並不要求跟女兒見面或聯絡。他不要求任何回報，所以父親的愛是無償的愛。而自己卻沒有能回報給父親的愛。

無償的愛。聽到這幾個字，腦中就會想起一群自動照顧狗的人。就是八稜高中光思郎會那些人。

詩乃拿出寫著英文句型的六十張單字卡，一張一張翻著。這方法很老土，但是她很喜歡這種念書的方法。隨時隨地都能確認知識。

單字卡對自己來說就是通往未來的門票。多記得一個字，世界就更寬廣了一些。

她有可能走進一個新的地方。

但是今天卻一直無法集中精神。稍一鬆懈，那隻叼著拖鞋的白狗就會跑過自己腦中。

快速翻著第二本整理片語的單字卡，詩乃想起在玄關鞋櫃遇見的鷲尾政志。

參加光思郎會活動的鷲尾是隔壁國中畢業的男生，瀏海長得很呆。

他這個人很認真又不起眼，沒有參加社團活動，下了課就把教科書塞進置物櫃。如果不需要照顧狗就會馬上回家。不跟男人見面的日子，自己也會馬上回家，住在同一條鐵路路線上的他們，經常會在電車上打照面。

而且鷲尾的名字排在男生的最後，自己的名字排在女生最前面，所以置物櫃總是隔得很近，鞋櫃位置也很近，再加上放學時間差不多，分配到同一班之後，今年經常有見面的機會。

今天也在鞋櫃前遇見了鷲尾，之後被光思郎叼走了拖鞋。

（他是不是太「乾淨」了……）

回想著鷲尾額前厚厚的瀏海，詩乃翻著單字卡。

瀏海雖然厚，但鷲尾的髮尾總是修剪得很整齊，看起來乾乾淨淨。

（把瀏海梳上去就好了……）

前天星期三，她看到鷲尾把瀏海撩上去的樣子。體育課結束之後，他將整顆頭放在水龍頭下，粗暴地洗掉汗水跟塵埃。抬起頭，把濕掉的頭髮往後撩，瀏海的量感和長度讓他看起來像梳了油頭一樣，感覺很成熟。平常被遮住的額頭露出來，形狀漂亮的眉毛襯托著眼睛，看起來炯炯有神。

頭髮一梳上去一定會變得很帥。但是他對自己的外表一點也不在意。一定是因為還沒有交女朋友的關係，如果有交往的對象，那女朋友一定會要他露出額頭的。

男人走出淋浴間。

「哇，那是什麼？這單字卡怎麼這麼髒？看到這個就想到詩乃真的是考生呢。」

「感覺我是貨真價實的女高中生了吧。」

「就是啊。」男人笑了之後又補上一句：

「但是妳也快畢業了吧？」

感到一絲異樣，詩乃看了男人一眼，男人臉上露出討好的笑容，說今晚吃完飯後要送詩乃回到家附近，不過在那之前要先繞去一個地方，說是工作關係，得先去見一個人。

詩乃打亮了修得細細的眉毛下方，塗上唇蜜。她從波士頓包裡拿出黑色掛頸式肩帶上衣和最近流行的格紋迷你裙，雖然有點熱，還是拿出厚底靴穿上。男人臉上浮現淺笑，瞇著眼。

「真可愛，詩乃這樣好像安室奈美惠喔。想要的東西決定了嗎？」

真正想要的東西是錢買不到的。所以她乾脆地說：

「我什麼都不要。」

然後她繼續用自己最可愛的角度撒著嬌。

「人家只要你一直在我身邊。」

男人緊緊抱著她，那味道幾乎讓人窒息。抽菸的男人身體為什麼會這麼臭呢？

男人說要繞去的地方，是賓館地下的Live house。不管東京還是大阪，也不知道為什麼，Live house通常都會在這種飯店樓下。

男人在一樓後方的辦公室跟老闆說話。

「對啊，她還是學生，在四日市那邊。我覺得將來應該有當偶像或明星的潛力。」

頭上綁了頭帶、上了年紀的老闆，意味深長地看詩乃。

「那邊也有不錯的樂團喔。特別是龐克。今天是『聖艾摩』這個樂團。」

聖艾摩。男人哼笑了一聲。

「還真是多愁善感的名字。應該是從聖艾摩之火來的吧？」

「名字的由來我不知道，工廠街的龐克樂團，氣勢挺不錯的。只要對手的四日市樂團一進來，名古屋這邊的樂團就會格外起勁。」

男人嘲諷般地笑了。

「其實龐克到底在幹嘛啊？什麼Pistols？No Future那些的？滾石又是什麼？那算搖滾？」

「你其實對音樂沒什麼興趣吧，這些都算基本常識。」

兩人之間開始有些劍拔弩張。男人要詩乃到停在外面的車上等，要她離開了辦公室。

她想補個妝，走下樓梯到地下室的廁所去，發現鼓聲從一扇巨大的門後方傳過來。現在應該正在舉行現場演唱，聲音並沒有想像中那麼大。

看看門前的黑板，現在正在演奏的就是剛剛男人嘲笑的樂團。

聖艾摩之火是指在暴風雨中出現在船隻面前的火焰。只要船桅前端點起船夫的守護聖人聖艾摩的火，不管多麼劇烈的暴風雨，船都能夠平安地前進。

男人剛剛批評這名字多愁善感，但其實他經常在車裡聽著同名電影的原聲帶。

詩乃輕輕推開會場的門。一股撼動身體般的音響如洪水般撲面而來。前方還有另一道門。

一打開，她不覺全身僵硬，忍不住捂著耳朵。震耳欲聾的叫聲和轟聲，從捂著耳朵的指縫間傳入了耳裡。

抬起頭，許多男人都上下搖著頭。

舞台上身穿緊身皮褲的金髮主唱正在熱唱。裸身穿著黑色襯衫，站在黑色台子上，不斷煽動觀眾。敞開的襯衫領口袒露出健壯的胸肌和腹肌，跟纖瘦的身形之間形成的對比顯得格外性感。

「幹爆！」金髮主唱大叫著。詩乃忍不住盯著那往後梳的頭髮下露出的額頭，還有形狀漂亮的眉毛。

（該不會是……。）

主唱的男人也望向這裡。那一瞬間，男人睜大了眼睛，轉過身去。

那修剪得整齊的髮尾，幾個小時前自己才剛在鞋櫃前見過。

（鷲尾？）

主唱轉過身去喝水。

還不夠！這次輪到彈吉他的男人在煽動大家。觀眾的頭又搖得更激烈了。

詩乃滿心困惑，想要到更前面去看，往前跨出了一步。也不知為什麼，那些正瘋狂舞動的男人替她空出了一條路。

她又往前跨出了一步。轉過頭的男人們一臉驚訝地替她空出了地方。隨著她一步一步接近，視野也逐漸寬廣。在她遲疑地停下腳步那一瞬間，被推到最前排。詩乃環視周圍。

「啊？怎麼了？不要推我啦。」

「幹爆她！」

鷲尾再次大聲吶喊著，歡眾回以熱烈的歡聲。但是他卻用類似舞蹈的動作掩飾，悄悄對詩乃招了好幾次手。

「啊，幹嘛？」

看她呆站著不動，鷲尾從黑色台子上縱身一躍，衝到詩乃面前。

他抓起掉在地上的皮夾克，迅速纏在詩乃腰上。就這樣像扛米袋一樣將她扛在肩上衝進側台。

「幹嘛？等一下！放我下來！放我下來啦！」

對方遠比想像中更溫柔地將自己放回地上，詩乃搞不清楚狀況就這樣癱坐在地上。回到舞台上的鷲尾再次煽動觀眾。歡聲響起時，手腕被人抓住。

「詩乃！不是要妳在車上等嗎？」

男人身邊的老闆看著舞台笑了。

「聖艾摩還真是有活力。」

「說得那麼輕鬆。萬一受傷了怎麼辦？」

「別擔心，這方面我看得很清楚。如果太差勁我會關掉燈光跟電源，但這傢伙很行，竟然能一直撐到最後。」

「我走了。這種地方我不太喜歡，快點！」

在男人催促之下，詩乃離開了Live house。

正要坐上男人車裡時，鷲尾也從地下跑出來，大概是表演結束了吧。詩乃假裝沒發現，關上了前座的車門。

隔著窗跟鷲尾四目相對。詩乃想起他的衣服還纏在自己腰間，不過車子馬上就開走了。

星期一到了學校，在置物櫃前見到了鷲尾。一頭乾乾淨淨的黑髮，襯衫釦子緊扣到最上面。再怎麼看都是個老實認真的學生。詩乃把裝在紙袋裡的皮夾克交給他，對方只簡單說了聲：「謝啦。」一把東西塞進自己的置物櫃裡。

第六堂課結束，詩乃迅速收拾好東西，走向玄關鞋櫃。她比誰都想趕快回家，搭上電車，一個人待著，好好念書。

在四日市車站換乘內部線，坐在三三兩兩的空曠車廂中。如果搭上下一班電車，就會有許多放學的學生，現在這個時段的人比較少。

從包包裡拿出單字卡時，一個身穿八高制服的男生隨著發車鈴聲衝進了車廂裡。是鷲尾。剛剛應該使盡全力奔跑，肩膀上上下下喘著粗氣。

鷲尾穿過通道走來。他氣喘吁吁地指著自己對面的位子。

「這裡方便嗎？」

詩乃沒說話，點點頭。鷲尾將自己身體丟進座位上。

近鐵內部線是所謂的窄軌，鐵軌幅度非常狹窄的路線。車廂也跟公車一樣小，兩個人面對面坐著腳尖很容易相碰。

「太好了，終於趕上了。妳走路好快呀。」

調整了呼吸之後，鷲尾又說：「抱歉啊。」

「在教室不方便說。星期五，妳沒有受傷吧？」

「沒有。」簡單回答一句之後，鷲尾吐了一口氣：「那就好。」

「出現一個平常沒見過的漂亮女孩，大家都在偷偷看妳，還讓出一條路。我愈看愈緊張。還有人在偷看妳裙底。」

「所以才把我搬到側台去嗎？」

「幸好成功了。雖然後來被其他人還有老闆罵了一頓。」

梅雨季節大概快要結束，今天早上開始下的雨已經停了。夏日的陽光開始照進車廂裡。

「皮夾克……你平常都放在置物櫃裡嗎？」

「不只皮夾克，還有其他衣服。妳也是嗎？」

她點點頭。鷲尾笑了。

「這是我們置物櫃的秘密呢。我只看過妳穿制服，所以上次嚇了一跳。」

電車正在轉彎，陽光剛好照在鷲尾身上。制服的白襯衫反射著光線。

不管是成績或者平時的舉止，在教室裡都不怎麼起眼，但是在這件襯衫下，竟然藏著那天晚上能讓所有觀眾狂熱的身體。

鷲尾有點尷尬的問：「怎麼了？」

「你那天頭髮是金色的耶。」

「那是染髮噴霧啦。妳怎麼會在那裡？」

事情很難說明。詩乃沒說話，交叉著雙腿。隔著泡泡襪，飄出Allure淡淡的香味。一到傍晚，這款香水就會散發出香草一般的甘甜氣味。

大概是看到了裙底風光，鷲尾別開了眼睛。

「你說了好幾次『幹爆』。」
「那是因為當時的氣氛啦。」
「幹爆跟幹有什麼不一樣？」
那個……。鷲尾壓低聲音。
「這種事不要說得這麼大聲。」
「我只是好奇有什麼差別。」
「很不一樣啊。」說完之後鷲尾再次壓低聲音。
「我做了很多，不能告訴別人的事。」
「這算壞事嗎？」
「也不算壞事啦。」
「就是因為有這些事我們才會生下來的吧。」
鷲尾尷尬地垂下眼。電車接近下一個車站，鷲尾站起來。
「我不是很喜歡這樣被取笑，先下車了。」
「在這裡？」
離鷲尾家最近的車站還有好幾站。
「我要去練習。在這個車站附近跟其他團員學吉他什麼的。」

「類似錄音室的地方嗎？」
「有興趣就來看看啊，不過說不定會被幹爆。」
「喔～。」詩乃附和了一聲，跟著鷲尾走下電車。
下到月台的鷲尾很驚訝。
「啊，妳真的要來嗎？」
「是你叫我來的啊。」
「我是說了，但沒什麼好看的，所以妳真的要來嗎？為什麼？」
自己也不知道為什麼。就是有股衝動，想跟著這個人。

鷲尾他們練習的地方在離車站走路十分鐘左右的一個大車庫。
鷲尾家開修車廠，以前這個地方也用來修車。
車庫裡已經有兩名團員在，身穿黑色背心的男人是吉他手，戴太陽眼鏡的是貝斯手，他是鷲尾的二哥。除了鷲尾以外的團員都在市內的精煉廠工作。這兩個人今天早上剛結束三班制的夜班。
鷲尾的二哥拿下太陽眼鏡，讚嘆地說道：
「長得真漂亮。上次我們都嚇到了。簡直像女神降臨一樣，人潮就這樣開出一條路。」

「還以為發生了什麼事呢？」吉他手也笑了。

「沒想到是小政的同學。」

「青山是我們學校長得最漂亮的……應該說這附近沒有人不認識她。」

吉他手交抱雙臂，點點頭：「喔喔。」

「我之前聽說過。該不會是那間店的孩子吧？」

吉他手說出幹線道路旁詩乃母親開的小酒館店名。傳進他耳裡的一定是不怎麼好聽的謠言。

二哥他們到外面去抽菸。

鷲尾走到車庫後面，說要去放包包。

沒事可做的詩乃靜靜看著放在車庫裡的幾把吉他，鷲尾不久便回來了。他換穿上黑色T恤和長褲，把瀏海往上梳。

一身黑的緊身服裝，比制服更適合他。這截然不同的印象深深吸引了自己的目光，讓詩乃有點不甘心，她冷淡地問：

「你彈哪一把吉他？這個嗎？」

「那是貝斯。我偶爾也彈貝斯啦。」

「貝斯是什麼？」

「啊？就是……負責節拍的。像這樣做出節奏來，咚、咚，砰砰……。」

「小政，你這說明也太隨便了吧。」

抽完菸的吉他手回來。跟在身後的二哥苦笑著。

「你真的是八高的學生嗎？」

「你們這樣講，突然被問到我也不知道怎麼說明啊。」

二哥對詩乃輕輕搖了搖便利商店的袋子。

「買了一些飲料和甜的東西。政志是家裡最小的，呆愣愣的不夠貼心。抱歉啊。

政志！你也振作一點啊。」

「是要振作什麼啦？哥。」

二哥把便利商店的袋子交給鷲尾。

「經過協議，我們決定暫時出去旅行。」

「啊？旅行，去哪裡？」

「就是有點事啦。」吉他手說道，輕輕舉起手。

「掰啦小政。Safe sex！」

「現在不要說這些！」

二哥笑著拍拍鷲尾的肩。

「上床的時候不要忘了喔。」

「哥！不要在女孩子面前說這些！」

「你在想什麼啦，我是說不要忘記鎖門啊，小心門窗。外出時一定要關好門喔。」

二哥把鑰匙丟給鷲尾。

兩人離開之後，車庫變得很安靜。

「抱歉啊。」鷲尾輕聲說著，打開便利商店的袋子。

「都是一些大老粗。坐吧，要喝飲料嗎？有蘋果汁跟柳橙汁，妳要哪個？」

「柳橙。」

鷲尾扭開寶特瓶蓋，交給她。

「你唱首歌吧。」

「清唱太難了。」

鷲尾站起來，走到車庫後面。他馬上就回來，手上拿著一張傳單。

「要聽歌的話，下次我們會在這裡開演唱會。」

傳單上寫著「聖艾摩 Kura Live」。當日觀眾可以免費點一杯飲料。

「Kura Live？」

「因為會場是個倉庫❷，所以叫Kura Live。」
「好土……。」
「用英文寫就不土啦。這裡之前是製茶工廠，是我們鼓手他爺爺家。雖然有點遠，有時間就來玩吧。」
「像上次那種演唱會嗎？」
「上次那種其實是我大哥的興趣。在這一帶有一搭沒一搭地演出。這個樂團一開始是我哥創立的，但他現在退出了，換我進來。連名字也改成現在的。」
「之前叫什麼名字？」
「Flare Stack。有時候是不是會看到精煉廠的煙囪冒出很大的火焰？」
鷲尾從便利商店袋子裡拿出巧克力跟餅乾，一一打開。
「雖然不太常見到，但是晚上如果看到超漂亮的，就像太陽一樣鮮紅的圓形火焰，在煙囪上方明明滅滅，好像在呼吸……就像有生命一樣。」
「我沒看過。」
「應該很少人會刻意注意到吧。聽說他本來想取名叫『煙囪地帶』，這個樂團可

❷倉庫，亦即「藏」，日文發音為Kura。

以說是從模仿『安全地帶』開始的。」

鷲尾望向放著樂器的角落。

「我哥他們搞樂團一開始是想吸引女生注意，但是外型條件實在不可能，於是決定玩自己喜歡的音樂，名字也改成『Flare Stack』，就是煙囪高塔火炬的意思。」

「現在的名字是把煙囪的火焰當成船桅前的火？」

「對。煙囪跟船桅很像……妳知道聖艾摩之火啊？」

看到詩乃安靜地點頭，鷲尾開心地笑了。

「也對，妳這麼聰明。因為名字太長，所以只取前面，我們就是『帶給在暴風雨中前行的人勇氣，引導守護的火焰』。」

「好土……。」

「對啊。自己說出來還挺丟臉的。」

鷲尾垂下頭，「糟糕，妳忘記吧。」手捂著臉。

電車的聲響夾雜在幹線道路的喧鬧聲中。相隔遙遠的那個聲音襯托得室內更加安靜。

鷲尾把手放下來：「要不要改喝茶？」

「妳不太喝甜的吧。這裡有涼茶，我去拿來。還是如果想喝水，我就去自動販賣機買。」

「我要茶。」

鷲尾從車庫後方拿來涼茶的茶壺跟兩個杯子。

「這裡還有冰箱啊。」

「還有淋浴間跟小睡用的床。」

「用來打砲的房間？」

鷲尾遞來涼茶，皺起眉頭。

「為什麼要這麼說？我沒有當那種地方用過。再說，我也不會對有男朋友的人做什麼奇怪的事。」

嘴唇碰到杯子，聞到一股清爽的香味。

「那個人不是我男朋友，是爸爸。」

正要喝茶的鷲尾停下了動作，猶豫地開口。

「但是……他看起來滿年輕的。」

「如果聽過跟我有關的謠言應該知道吧，我是指那種爸爸。真正的爸爸一出生就不在了，雖然會給贍養費，但是不會來見我。因為他另外有老婆孩子。」

詩乃放下杯子站起來。解了喉嚨的渴，心卻開始躁動，說了不該說的話。

「我走了。打擾你了，謝謝。」

「妳到底是來幹什麼的？」

「只是單純的好奇。因為你問我要不要來。」

「我送妳去車站。」鷲尾起身。

「不用，我記得路。」

「喔，是嗎。」鷲尾走到放樂器的地方。

「那我就不送了。……迷路了就回頭。這是迷路時的大原則。」

「我不會迷路的。」

「那就好。」

丟下這句話，鷲尾將貝斯的肩帶掛在肩上。

詩乃盯著他看，本來想要他別告訴別人在Live house看到的那個男人。但是她馬上打消這個念頭，離開了車庫。

相鄰的置物櫃裡，藏有彼此的秘密。

不知為什麼，她相信鷲尾會保守這個秘密。

去車庫的隔週，高中開始放暑假，詩乃不再會在置物櫃或上下學的電車裡見到鷲尾。不過被男人叫出去的次數卻增加了。

八月最後一個星期六下午，詩乃跟男人會合後前往飯店。休息兩個小時後，男人說，暫時別見面了。

暫時是多久？對方回答，不知道。然後臉上浮現淺笑：「詩乃雖然很可愛，但也已經十八，快畢業了吧。」

聽到這句話她才發現，女高中生的賞味期限已經快到了。

喜歡少女的這個男人，還會去找其他新鮮的對象。

也對。她跟平時一樣，擺出一個最可愛的角度，露出笑容。

「我也差不多受夠了。老頭子真的很臭。」

男人的表情有點受傷。看了之後她覺得心情好了點，不過又覺得被這種男人摸遍的自己，真是骯髒無比。

從名古屋搭電車回到離家最近的車站，已經七點多了。

從幹線道路上的天橋過馬路，可以看見海那邊的精煉廠工廠群。凝神望去，看不見煙囪上的火焰。

繼續沿著幹線道路走，看見一區兩層樓附店鋪的共同住宅。其中夾在拉麵屋和居酒屋之間的小酒館二樓，就是詩乃家。

躺在房間床上，母親從一樓小酒館上來。

「詩乃，要是回來了就到店裡來露個臉。」

「我現在沒這個心情。」

「別說這種話。這個月店裡有點辛苦，妳幫幫忙。」

一樓傳來「詩～乃～」的叫聲。那聲音愈來愈大，喝到嗨的常客用免洗筷敲起了杯盤。

「好嘛，有什麼關係？又不會少一塊肉，快點下來。」

穿著紫色洋裝的母親下了一樓。

上國中之後，為了留住常客，母親經常要求女兒幫忙店裡的生意。

未成年人工作傳出去會有問題，所以一開始只有能保守秘密的常客在的時候，詩乃才需要去幫忙。但是某一天，她在客人要求下唱了石川小百合的〈越過天城〉，事情開始往奇怪的方向發展。

客人誇她性感，給了一千日圓的小費，之後母親和其他客人開始趁勢起鬨，擅自擬了規矩，五千日圓小費可以塞進衣服胸口，一萬日圓小費可以坐在客人大腿上。

一開始只是單純在開玩笑才會設定這麼高額的小費。沒想到店裡花最多錢的常客提議真的實行，那次之後詩乃經常會被迫做這些事。

在那之後，這間店的隱藏賣點就是女國中生坐在客人大腿上唱〈越過天城〉的時段。拿到的小費跟母親對半分。上高中之後依然持續這些規則。

其實她一點也不想這麼做，但是自己還沒存足夠錢離開這個家。

詩乃換上黑色小可愛和迷你裙，穿上客人喜歡的厚底靴下到一樓店裡。

常客們熱烈鼓掌，粗聲喊著「詩乃！」。

卡拉OK的前奏響起。詩乃手持麥克風，帶著適度的性感唱起〈越過天城〉。

「詩乃，過來坐、過來坐在叔叔大腿上啊。」

常客揮著一萬日圓鈔票，指著自己的大腿。接過小費，她輕輕坐在男人大腿上，男人猥褻地笑了。

「詩乃，還有我的大腿啊。」

「我想塞小費到妳ㄋㄟㄋㄟ！」

「再唱一次！安可。」

真麻煩。心裡雖然這麼想，但還是唱了三次回收小費。一旁的母親滿臉不高興地抽著菸。

母親為了賺錢可以毫不猶豫地利用女兒，但是看到大家關注的焦點都在女兒身上，又覺得不開心。真是個陰晴不定、十分忠於自己慾望的人。

詩乃用手揮掉香菸的煙霧，把小費總額的一半放進專用盒子裡，上了二樓。

脫掉汗濕的小可愛，丟進洗衣機裡。換上黑色掛頸式肩帶上衣，母親剛好上了二樓。

「詩乃，妳剛是不是多拿了小費？我看應該更多吧。」

「我沒多拿，剛好一半。」

她從裙子口袋掏出鈔票，交給母親。

「還真的。」母親碎念著。抽出兩張五千日圓鈔票後還給她。

「八月店裡生意不好？行吧。」

她安靜收下，再次將鈔票塞進裙子口袋裡。

「最近小費也變少了。妳也要再多笑一點、學著撒嬌，努力討客人喜歡。幹嘛成天那張臭臉？女孩子多笑不會有損失的。」

詩乃不耐地低頭看向母親那張跟自己很像的臉。

如果就這樣下去，自己二十年後就會變成這個人。

「那眼神是什麼意思？每次都用那種看不起人的眼神看我。搞清楚，妳有這顆聰明的腦袋都要感謝我！」

「謝謝。」

她無力反駁，輕聲道了謝，母親也一時無話可說，就這樣轉身大步下樓回到店裡。母親說，因為想讓孩子有顆聰明的頭腦，當初才挑了那個男人。她一定是無意識間也希望自己的孩子別像自己，活得這麼扭曲又笨拙。

一想到這裡，她就無法恨母親。

打開洗衣機後回自己房間，把小費放進餅乾空罐裡，然後拿起藏在英英辭典外盒的存摺。

她把男人給的錢都存在郵局帳戶裡，作為將來的資金。父親會資助學費直到自己大學畢業，但光是這樣還不夠。

打開存摺，詩乃躺在床上。

她成績不差。升學指導時老師也建議她可以考慮比現在志願分數更高的大學。但她的第一志願一定得是東京的名門女校。

她要趁著升學的機會去東京，成為一個全新的自己。

跟一個有教養的富裕男人結婚，打造一個安穩平靜、充滿愛情的家庭。在不影響家庭的前提下工作，最好是等到孩子不需要照顧時，能夠重拾工作，當成興趣。

為了這個目的，她必須把身為女人的附加價值提高到最大。

聽說有錢男人找伴侶時，經常會考慮出身名門千金大學的女人。現在的自己生活環境當然離所謂的千金小姐十萬八千里遠，但是到了東京誰會知道。

上大學之後，可以聲稱自己是地方都市出身的好人家子女。她不想再過現在這種生活。為了將來偽裝自己的身分，需要足夠的資金。

樓下傳來母親的歌聲，是她最擅長的那首小柳留美子的〈事到如今也沒辦法〉。實在不想再聽母親妖豔的歌聲。一回神，她從餅乾罐裡抓了幾張鈔票塞進口袋，衝出了家門。

漫無目的地走著，不知不覺來到幹線道路上的大天橋前。

爬上樓梯，詩乃從橋中央俯瞰著馬路。

這條四線道的馬路通往名古屋。一直往前可以到東京也可以到青森，搭上飛機還可以到世界的盡頭。這條幹線道路晚上有絡繹不絕的大型卡車跟油罐車，就像地球表面的血管一樣。

但是現在的她卻去不了任何地方。

看著這些車燈，混雜著廢氣臭味的潮風吹過髮間。

詩乃按住亂飛的頭髮，低著頭。

行駛在幹線道路側道的一輛機車，在天橋下停了下來。

喂！天橋下傳來清澈的叫聲。

「妳在那裡幹什麼？」

機車上的男人脫下安全帽，露出鷲尾的臉。

頭髮比暑假前看到時更長，不修邊幅的樣子看起來有些狂野。

她無力回答，只是靜靜低頭看著鷲尾。

「喂，青山，妳沒事吧？等一下……妳等我，待在那裡別動。」

鷲尾踏著大步衝上樓梯，跑過長長的天橋而來。天氣這麼熱，他身上卻穿著卡其色的軍用夾克。

「妳怎麼了？」

「沒事。」

「妳剛看起來就像要跳下去一樣。其他司機一定都嚇到了，我也嚇到了。而且……。」

鷲尾脫下夾克，不由分說地纏在詩乃腰間，用衣袖在前面打了個結。

「幹嘛？不要隨便綁衣服在我身上。」

「內褲都被看到了。我之前就想說了，妳便服的裙子也太短了吧。」

「這叫極短裙。」

「為什麼要穿那麼短？」

「我平常不會穿這麼短。」

這是營業用。話還沒說出口，這幾個字的現實讓詩乃沉默了下來。

鷲尾纏在腰間的夾克很溫暖。

腿上的溫暖讓她發現，自己上半身汗濕淋淋，但下半身卻涼透了。

「發生什麼事了嗎？」

鷲尾的聲音稍微和緩了些。

「沒有，沒什麼事。」

「喔，是嗎。」

鷲尾轉過去，揮了揮手。脫掉夾克後他身上是一件網狀長袖T恤。

「沒事就好，那我走了。」

正要走下天橋樓梯的鷲尾停下了腳步。

「我現在要去玩，如果我約妳，妳要一起去嗎？」

「你要去哪裡？」

「水澤那邊。學妹的樂團請我去幫忙。她們要參加比賽，待會兒要一起練習。」

「在打砲房嗎？」

「不是啦。不要隨便幫我家車庫取奇怪的名字。」

跟剛剛上來時不同，鷲尾安靜地走下天橋。

來到停在側道的機車旁，鷲尾戴上安全帽，扣好帶子之後，他又從座椅下的置物盒拿出另一頂安全帽。

將安全帽抱在側邊的鷲尾抬頭看著詩乃。

「不來嗎？」

如果對方說「來吧」就不想去，但聽到對方用方言問不來嗎？竟然就想去了。

「我可以去嗎？」

「妳是那種會客氣的人嗎？去兜兜風吧。不要跟別人說我有機車駕照喔。」

在那通透的聲音吸引之下，詩乃下了樓梯。

從柏油路往上方翻湧的風裡，包含著白天蓄積的太陽熱度。這熱度讓她想起那天夜裡鷲尾在Live house掀起的狂熱。

鷲尾的機車駛離市區，朝鈴鹿山麓的方向前進。

這輛機車的後座稍微高一些，所以她得環抱鷲尾的身體，上半身緊貼著他背後。

一開始有些難為情，身體稍微離得遠一些，等到機車一開動，因為太害怕就緊貼了上去。

從海拔零公尺的街區往西騎了四十分鐘左右，來到一處山腳下的高台。

這裡沒有潮風，有的是一片淡淡薄霧。清涼的霧後方是一大片如寧靜大海的茶園。

鷲尾老練地騎著車穿梭在茶園中。

轉過幾個彎後，在茶園中央看到一間很像工廠的建築跟倉庫。

鷲尾說那裡就是目的地。

「倉庫？」

「對，Kura Live的會場。那邊平常是鼓手的練習場。這地方非常棒，不管再怎麼敲附近都不會有人抱怨。」

他將機車停在空地一角的自行車停放場中，打開倉庫大門。

「鷲尾學長，怎麼這麼慢，遲到了啦！」

「我先到嘍。」

兩個女孩出現，一個綁麻花辮、一個留著短髮。

這兩個人看起來很面熟，是光思郎會的二年級生。

脫下安全帽，鷲尾向她們道歉：「抱歉啊。」

「我撿了個聽眾過來。」

鷲尾伸出手，像在告訴詩乃把安全帽交給自己。她慢慢脫下安全帽。

輕輕搖搖頭，整理一頭亂髮。女孩們誇張地往後退了兩步。

「哇！聽眾是青山學姐？」

「不會吧！」短髮女孩交抱著雙臂。

「美女與野獸耶。鷲尾學長你怎麼會……。」

「妳們也認識青山？」

「當然認識啊，光思郎上次叼了人家拖鞋啊。」

「在八高如果不認識青山學姐，應該都是冒牌貨吧。」

鷲尾說是樂團的練習，她一直以為是男生們的樂團。

詩乃很不擅長跟同性相處。

她覺得跟這些人交談很麻煩，伸手去拿機車座椅上的安全帽。

「我可以回去嗎？」

兩個女孩握住她伸向安全帽的手。

「不！別走！請妳不要回去，好不容易來這一趟。」

「妳聽聽看嘛，我們會加油的。」

「妳要回去我就送妳，妳們兩個先自己練習吧。不過好歹也聽個一首吧，畢竟是自己學妹。」

詩乃伸向安全帽的手塞進了口袋中。

指尖摸到紙幣。有這些錢應該夠搭計程車回家。

「我一個人回去就好，可以幫我叫計程車嗎？」

狗叫聲傳來。一隻雪白的狗像箭矢一般衝過來，項圈上繫著長長的牽繩。

「等等！光思郎，等一下！！」

一個揹著細長大行李的女孩走近，她戴著紅框眼鏡，長得有些圓潤。

「乖喔。」鷲尾安撫著亢奮的光思郎，拉過牽繩。

「啊，鷲尾學長！對不起我遲到了。」

眼鏡女孩很有禮貌地低下頭。身穿水藍色襯衫連身裙的她很是清秀。

「學長，你身邊這位該不會是……。」

「我同學青山。我想妳們如果有聽眾應該會嗨一點。……青山，她是鍵盤手真子，現在一年級。暑假期間都是她在照顧光思郎。」

「這就是所有成員了。」鷲尾笑著說。

「因為沒有貝斯手，所以到『青少年音樂節』之前我來幫忙，是紅花中唯一的綠葉。」

「什麼音樂節？」

鷲尾說明這是山葉主辦的音樂比賽。只要是喜歡音樂的十多歲青少年，不管卡拉OK、翻唱、原創曲，都可以參加這項比賽。

「這比賽在我哥他們那個年代叫做流行大賽，全名是『山葉流行音樂大賽』。之前只接受原創曲，現在翻唱歌曲也OK。」

「但是真正能出道的人多半都用原創曲比賽，我們也是。」

短髮女孩說完，眾人紛紛點頭。

「還有人出道啊。」

「很多喔，前年得大獎的aiko，現在都上廣播節目了。」

「她的歌真棒呢～」麻花辮女孩點了好幾次頭。

「上星期我去大阪時聽了她的廣播。雖然她還沒出道，但是我超喜歡aiko的。」

「妳們想走職業嗎？」

「是興趣啦。」短髮女孩笑著說。

「不過很有趣啊。青山學姐，拜託妳聽一下嘛。太開心了，妳是我們第一個聽眾耶。」

真的很開心。真子的聲音也顯得很雀躍。

「早知道就帶服裝和點心來。」

「我……。」

本來想說要回家，但卻被她們的笑臉深深吸引了。

看起來那麼天真、美麗又幸福的笑臉。

光思郎聞著纏在腰間的鷲尾夾克味道，然後咬著衣服開始拉扯。

「喂！光思郎，不要扯我衣服。」

鷲尾蹲在狗的面前摸著光思郎。

「光思郎也說，留下來玩一下啊，就算是考生偶爾也得喘口氣嘛。」

「都是你擅自替牠解釋吧。」

「但是這傢伙也想跟妳一起玩啊。妳看牠一直黏著妳不走，拿去。」

接過牽繩，光思郎開始走進倉庫裡。

牠就像在說，跟我來吧。詩乃也自然地邁開了腳步。

鷲尾他們用的這個倉庫練習室，外表看起來雖然老舊，但是室內經過改裝，粉刷得很漂亮的白牆在白熾燈泡溫暖燈光的映照下，看起來十分舒適。

聽鷲尾說，他和哥哥們夏天就在這涼爽的倉庫裡排練。今天下午也早早就在這裡練習過。

詩乃跟光思郎一起坐在沙發上，看著大家練習。

三個女孩的演奏比想像中更出色。

主唱是鍵盤手真子，鷲尾完全沒唱，從旁輔助她們。偶爾會暫停演奏，給三人一些建議，不過音樂用語太多，詩乃根本聽不懂。

真子一邊彈鋼琴一邊唱起抒情歌。水色襯衫連身裙的裙子很長，看起來又清秀又優雅。

好人家的孩子都會穿這種衣服吧。

聽著真子的歌聲，詩乃墜入想像的世界。

明年春天如果如願考上女子大學，上學時該穿什麼好？要扮演一個「來自鄉下地方好人家大小姐」需要多少費用？該買些什麼東西？

比起最新流行的東西，最好稍微帶點土氣，看起來才會比較樸實。與其海外品牌，日本的高級品牌是不是比較有千金小姐的風格？有那種母親愛穿的品牌也給女兒買一套的感覺。

但是如果不脫下衣服、看到標籤，其實不太容易分辨是哪一種品牌。可是配件就很容易被看出來了。比起衣服，先準備一些高級配飾更加重要。

這個月已經從專營高級品牌的二手店買到了愛馬仕的絲巾和古馳的皮包。這些大品牌的小配件舊一點也無所謂。可以學那些時尚雜誌的讀者模特兒常說的：「這是媽媽不用了給我的。」要是實在太舊，還可以說：「是過世奶奶留下來的。」

這樣就能夠充分表現出愛物惜物的良家千金不同於暴發戶的氣質。

平常打扮可以混搭大量生產的成衣跟國內高級品牌，再搭一些海外品牌的配件。這應該是最好的組合吧。

不只服裝，還得學茶道、花道，最好還能學學書法跟禮儀。

剛開始可以到社區活動中心之類的地方學，總之在大學畢業之前得學到某種程度才行。另外還有語言跟教養。這一點沒問題，只要認真學習就行了。

頭腦跟身體還有策略，就是自己的武器。

但是目前外在的裝備明顯不足。還得有更多資金來買衣服和化妝品才行。所以不管怎麼樣，現在都得忍耐。

可是好累啊。這樣真的好嗎——。

鼻腔深處一陣酸楚，眼淚不知不覺滴落下來時，真子正好唱完歌。

她緊抱著光思郎，悄悄擦掉眼淚。

演奏結束的四個人面面相覷，顯得有些困惑。

她急忙拍手，大家頓時開心地笑了起來。

「我超感動的……青山學姐，謝謝妳。」

「沒想到妳聽我們的演奏會哭成這樣。」

「我也快哭了……應該說已經哭了。」

看到她們這個樣子，詩乃又流下眼淚。

能夠在人前演奏樂器，表示這些人都生長在長年有能力讓孩子學音樂的家庭中。

這是他們在幸福家庭中長大的最好證明。

不管擬定了多完美的策略，到頭來都只是臨陣磨的槍。

這些鍍膜總有一天會剝落。

光思郎從她手中掙脫開，跑到鷲尾身邊。鷲尾輕輕把狗抱起來，摸著牠的背。

「那我們聖艾摩的鷲尾學長也該露一手吧！」

「我有啊，剛剛不是演奏了嗎？」

「你得唱歌啊。」真子說，光思郎舔著鷲尾的臉頰。

「對啊，團長你也唱一首吧，青山學姐一定也想聽吧。」

擦掉眼淚，詩乃點點頭。她想好好聽一次鷲尾唱歌。

短髮女孩拿起鼓棒開始揮動。

「那就來首THE BLUE HEARTS的〈TRAIN-TRAIN〉吧。」

令人印象深刻的琴聲流洩，鷲尾不慌不忙地稍微調整了麥克風架的角度，開始唱歌。

強而有力的聲音滲透到心裡。

他不斷重複著「乘上那輛駛向榮光的列車吧」這句歌詞。

要到哪裡，才能搭上那輛列車呢？

假如真的有那輛列車，她會丟下一切，立刻衝上這輛車。

在三個女孩和光思郎目送之下，他們從涼爽的山麓回到海邊小鎮，這時已經晚上十點多了。

幹線道路的遙遠前方，可以看到幾個小時前她站上的天橋。

「有涼快一些了嗎？」鷲尾問。

「有。」

「我送妳回去。妳家在店面樓上？」

「不用送。」

這個時間母親一定在跟客人唱卡拉OK。她不想讓鷲尾看見自己家。機車車速突然慢了下來。

「青山，妳一定出了什麼事對不對？」

「為什麼這麼問？」

「妳上半身是辣妹打扮，下半身沒穿襪子套著學生鞋，這是去學校穿的吧？這太不像妳了。一看就像是慌慌張張從家裡跑出來的樣子。」

呼嘯而過的風聲中，鷲尾的聲音讓她心裡很溫暖。她什麼也沒說，將臉埋在鷲尾肩上。

「有什麼我幫得上忙的嗎？」

眼看眼淚又要掉下來，詩乃深深吸了一口氣，振作了精神回答：

「沒有。」

「那就好。妳打算怎麼辦？在這附近下車嗎？」

「我不想回家。」

鷲尾沒說話。耳邊只聽到劇烈的機車引擎聲響。

「那……。」鷲尾小聲說道。

「妳要去車庫過夜嗎？」

她沉默地點點頭，鷲尾說了聲：「好。」

「妳家裡人會擔心，至少跟他們說聲要住外面吧？」

「我媽不會管我的。」

穿過天橋下，鷲尾加快了車速。熟悉的景色一轉眼就被拋到身後。

在附近的便利商店買了飲料和三明治，回到車庫時已經晚上十一點多。詩乃跟在鷲尾身後走進了後方的房間。

四坪左右的房間裡放了掛衣架跟電視，還有一組大沙發。

鷲尾把沙發椅背放倒，整理成床型，再鋪上床單。

「這毛巾被我哥他們用過，等等我從家裡拿新的過來。這是電視遙控器，要玩遊戲嗎？」

鷲尾伸手去拿PlayStation。

詩乃什麼也沒說，關了燈。

房間的燈光消失，周圍立刻變暗。

「青山？」

正在設定遊戲的鷲尾轉過頭。

月光從窗外照進來。她在這光線下慢慢脫下掛頸式肩帶上衣。

拉下迷你裙的拉鍊，那塊小小的布迅速掉落在地上。

全身只剩下一件白色內衣的她，站在鷲尾面前。

鷲尾倒吸了一口氣。

「今天謝謝你，鷲尾……你應該還不懂這些事吧。如果不介意，那我教你，就當作道謝。」

大部分班上的同學應該都還不知道。

女孩身體裡的置物櫃，跟擁有置物櫃鑰匙的男孩身體的秘密。

明明是夏天，袒露的胸口卻覺得很冷。右手抓著左邊肩帶，低下頭，月光將她的肌膚染成泛藍的白色。

「鷲尾的話，我可以。……你不用給我任何東西。」

抬起頭，鷲尾不為所動地盯著她。

「你討厭已經有經驗的人？」

「也不是，但是……。」

「但是什麼？」

「……我怕得病。」

她忍不住閉上眼睛。睜開眼，淚水靜靜落下。眼淚止也止不住，沿著臉頰一直往下滑。

「對不起。」鷲尾叫著，抓住她的肩頭。

「我亂說的，對不起，真的對不起，我剛剛不是認真的。妳不要這樣哭。對不起，我剛只是故意要說話傷妳。」

「為什麼要傷我？」

「我不喜歡妳說『教我』。……青山，妳對每個人都這樣說嗎？」

「才不是。」

「抱歉，真的對不起。怎麼辦，我該怎麼辦？」

鷲尾伸出手，溫柔抱緊了詩乃。像安撫小孩子一樣一直摸著她的背，詩乃忍不住又流出了眼淚。

這個人一定活在很幸福的家庭裡。

鷲尾抱著詩乃，直到她不再哭泣，但什麼都沒有做。

她就這樣累到睡著，睜開眼的時候是凌晨四點。鷲尾正在車庫裡練習吉他。

他輕鬆地開口邀她一起去街上兜兜風，兩人再次搭上機車。

深夜與凌晨交界的這個時間，幹線道路上的車流量也很少。

可能因為剛剛她拒絕戴安全帽，鷲尾騎得很小心。

頭髮在海風下翻飛。她不喜歡頭髮打在臉上的感覺，便將臉緊貼在鷲尾背上看著風景。

過了相生橋，停著漁船的港邊另一端，可以看見塗成紅白兩色的煙囪和煉油廠的耀眼光線。

橘色的外燈下，鷲尾問她考試準備的狀況。他問了詩乃的志願，她說出一間東京女子大學的名字，鷲尾的反應跟升學指導的老師一模一樣。

「我就想上這間學校。想在不認識我的人當中，當一個全新的自己。」

「那是什麼樣的自己？」

「我也不太會說。總之，我討厭現在的自己。」

睡了一覺之後心裡好像有什麼東西消失了。現在面對鷲尾的問題，她都能老實地回答。

她也問了鷲尾的志願，第一志願是名古屋的私立大學。

「我只會考能從家裡通學的大學，東京偶爾去玩就行了。因為我喜歡這裡，應該到死都會住在這裡吧。」

駛上幹線道路的機車，彎向四日市巨蛋的方向。沿海綠地公園裡的這個設施這個月才剛開幕。

機車穿過建築物旁，來到岸壁。這個瞬間詩乃忍不住輕聲驚嘆。

眼前是寬廣的運河河面。對岸聳立著巨大的工廠群，照射著工廠的光線反射在水面，瀲灩生光。

綠色、水藍色、白色、黃色、橘色。詩乃凝望著點綴著陰暗海面的七彩的光影。

啊！鷲尾指向夜空。

「火焰，妳看。那個煙囪，那就是Flare Stack。」

一片球狀油槽後方，有一道一樣塗成紅白兩色的高聳煙囪。後方有個巨大的火焰球像汽油一樣變大，然後瞬間萎縮。可是萎縮之後那火焰球又立刻變大變亮。那快速數度收縮的樣子，看起來既像太陽，也像心臟的脈動。

停下機車，兩人凝望著那燃燒的火焰。

機車再次開動之前，鷲尾說：「不要緊的。」

「我雖然不知道發生了什麼事，但是青山，妳可以的。因為聖艾摩之火已經出現了。妳的願望一定可以實現。」

她沒回話，只是從後面緊抱著鷲尾的身體。

「唱首歌吧。」

「就說清唱很難啊。」

想了想，鷲尾問她喜不喜歡「SPITZ」。

「你說樂團嗎？偶爾會聽。」

「聽說他們原本是龐克樂團。知道這件事後我就莫名覺得很親近，偶爾會唱他們的歌。」

透過重疊的身體，可以感覺到鷲尾厚實的背正在有規律地搖動。

詩乃也配合那搖動慢慢地呼吸。

調整呼吸後，鷲尾靜靜地唱了起來。

我不放手 即使時光流逝
那唯一的小小紅色燈火
我會一直守護

是SPITZ的〈緋紅〉。

黎明的光線彷彿在歌聲引導之下漸漸亮起。

不管是喜是悲 心中受挫
都會繼續溫暖怕冷的兩人
用這天真的熱情

閉上眼睛，聽著鷲尾的聲音。這個人的歌聲既強大，又溫柔。

唱完全曲後鷲尾停下機車。

「青山，妳不要做太危險的事。」

「高中畢業之後就不算危險了吧？不管是騎機車或者談戀愛。」

「那算戀愛嗎？」

「我也不知道。」

詩乃再次將臉埋在鷲尾肩頭。

貼在他背上的胸口滾燙，激烈的跳動。就好像Flare Stack藏在胸中一樣。

環繞著他僵硬身體的雙臂，大叫著不想放手。但是這些心意她卻怎麼也說不出口。

帶給在暴風雨中前行的人勇氣，引導守護的火焰。

如果煙囪上那火焰就是聖艾摩之火，那此時的心情一定是戀愛吧——第一次的戀愛。

「妳在哭嗎？」

「如果哭了你打算怎麼辦？」

「妳要我幹嘛都可以。」

輕聲這麼說的鷲尾，又重新說了一遍。

「青山，我願意為妳做任何事。」

抬起頭，朝陽照射下，雲朵開始染成玫瑰色。

詩乃輕輕將嘴唇抵在鷲尾背後。

比起裸身相擁，她更能感受到他的溫熱。

跟鷲尾在一起，就能打從心裡安心。但是那個夏天以來，詩乃開始刻意跟他保持距離。像鷲尾這樣生在幸福人家的孩子，自己是高攀不上的。

她順利考上了東京名門女子大學。從現在開始，可以擁有嶄新的起點。

畢業典禮結束後，她撕下貼在置物櫃上的名牌，鷲尾站在她身邊。

「把便服放在置物櫃裡的生活，終於結束了。」

「就是啊。」說罷，她凝視著鷲尾。心裡湧起一絲絲苦澀。

沒有人知道兩人置物櫃裡的秘密。也沒有人知道那年夏天他們看過的鮮紅聖艾摩之火。

「那個。」鷲尾輕聲開口，遞過來一個薄薄的紙袋。

「這是上次……我們在倉庫那邊做的。」

打開袋子，是翻唱 THE BLUE HEARTS 和 SPITZ 曲子的 CD。

她把紙袋緊擁在胸口。那絲絲苦澀變成了甘甜與惆悵。

「給我的嗎？」

「當然。下次我們會在倉庫開一場翻唱曲的演唱會，妳要不要來？」

「你會唱〈TRAIN-TRAIN〉嗎？」

「妳點的歌我一定唱。」

但演唱會那天就是她動身前往東京的日子。

說了之後鷲尾顯得很失落。

「要去東京了啊。那聯絡方式……妳不用告訴我，但這是我的聯絡方式。要是有什麼事……如果迷路了，就回來吧。」

鷲尾在傳單角落寫上自己PHS的號碼。

「除了妳點的〈TRAIN-TRAIN〉，我之後還會唱THE BLUE HEARTS的〈情書〉喔。」

「鷲尾，情書不能用唱的，要用寫的吧。」

「也對。」鷲尾笑了，但馬上又板起臉。

「妳要保重啊，青山。」

＊＊＊

三月中旬的星期六，牠正在光思郎會窗邊曬著太陽，忽然聞到一股甜甜的點心味道。

光思郎搖著尾巴站起來。

穿著長外套的青山詩乃進了房間。

她交給會員一個信封，說是想給光思郎。

答謝完後，短髮女孩眼神親暱地對她說：

「青山學姐啊，鷲尾學長今天也會來這裡喔。」

「鷲尾畢業之後還繼續光思郎會的活動？」

「不是啦。」那女孩搖搖頭。

「我們會有個傳統，要由三年級的代表在日誌裡寫下這一年裡印象最深刻的事。但是鷲尾學長之前因為升學的事遲遲沒有決定，沒那個心情寫。」

所以今天特地來補寫。其他會員開心地微笑。

「鷲尾學長會寫什麼啊？」

「如果是我，應該會寫安室奈美惠跟 SAM 結婚吧。」

「我會寫新山告捷、日本第一次晉級參加世足盃的法國大賽。」

「黛安娜王妃逝世、山一證券倒閉，這些好像不太對。」

詩乃離開七嘴八舌的會員。放在她耳中的紅色耳機，傳來熟悉的聲音。

（是鷲尾耶……。）

「你認識這個聲音嗎？」

走出社辦大樓的詩乃拿下耳機，放在光思郎耳邊。

鷲尾唱著，乘上那輛駛向榮光的列車吧。

（夏天時我們一起聽過呢。）

「聽著鷲尾的歌，就會很有勇氣呢。」

詩乃溫柔地摸摸光思郎的頭。

「幫我跟他說謝謝喔，光思郎。」

光思郎來到老地方的防護網後，看著搭電車的人群。

詩乃站在月台上。電車駛入月台，她的身影也消失了。

操場那邊傳來了腳步聲。

鷲尾來到防護網後，直盯著空無一人的月台。

光思郎走到他腳邊。

如果會說話，真想告訴他。

那女孩因為你歌聲給她的勇氣，搭上了列車喔。

第五話　化為永遠的方法

平成十一年度畢業生

平成十一（1999）年四月～平成十二（2000）年三月

最近鼻子不像以前那麼靈敏了，耳朵也是。電車經過的聲音和學生們的聲音，聽起來都像輕飄飄地搔著耳朵一樣。

那感覺很舒服，總是聽著聽著，就不知不覺睡著了。

躺在八稜高中操場的防護網後，光思郎打起小小的呵欠。

緊接著畢業典禮，結業式也結束了，十四川旁的櫻花盛開。乘風而來的櫻花香，讓光思郎稍微搖了搖尾巴。

（這是優花的花喔……。）

電車駛入柵欄那頭的車站，車行掀起的風中，夾帶著油菜花和木蓮的香味。

花香跟人戀愛時的味道很像。

教室裡有人說過，當植物的雄蕊跟雌蕊相遇，就會結實，增加繼承雙方性質的新夥伴。

草木戀愛就會開花。那麼花跟戀愛的人當然會有類似的味道。不過那些味道都很微弱，人類是聞不出來的。

相對地，人可以分辨顏色。

美術課時看著看著，牠終於發現，自己分辨不出五十嵐和學生們口中的顏色差異。自己眼中看起來一模一樣的顏色，在他們眼中卻是各種繽紛的色彩，人類能夠分辨、感受這些顏色。

其中櫻花的顏色大家叫做櫻色，據說是種非常美麗的顏色。

（優花的花，是什麼樣的顏色呢？）

光思郎微睜著眼，望向十四川那排櫻花樹。

這些花總是會連結到相遇跟別離。

櫻花開完之後，學校裡出現了一批身穿新制服的學生。等到櫻花第三次盛開，他們就會前往下一個地方。

有些人畢業後也偶爾會出現，但大部分學生再也不會出現。能在校舍裡自由走動的，只有櫻花三次花開花落這段期間。一致的制服就是一種記號。

所以優花和光司郎應該都不會再出現了。雖然很清楚，但牠還是忍不住在這裡繼續等待。

在花的味道裡出現了陌生的香氣，光思郎動了動鼻子。

是人的味道。一個模糊的男聲。

「光思郎應該在防護網後面睡覺。」

這聲音是光思郎會的中原大輔。

戴著眼鏡的他是歷代八高男生中頭髮最長的人，留到及肩的頭髮漂亮又有光澤，聽說他有一套梳頭的獨門功夫。

也多虧如此，大輔替光思郎梳毛時總能梳出光澤。而且大輔還會一直盯著光思郎看，輕輕摸牠的頭，總是能正確接收到牠的心情。這種能力也是歷代八高學生當中最出色的。

「我剛剛也看到了。」

這是光思郎會一個女孩的聲音。

「光思郎有點搖搖晃晃地穿過了操場。可能腳沒什麼力氣了。」

伴隨女孩的聲音，也飄來一絲戀愛的味道。這女孩希望春假時可以跟大輔一起輪光思郎會的值班。

「老師！」大輔大聲叫道。

「在這裡。應該就在防護網後面。」

第三個人走過來。

是在做夢嗎？一股懷念的香味愈來愈濃。

「光思郎，你為什麼在這裡？」

好久沒聽到的聲音讓牠忍不住睜開了眼睛。

慢慢起身，光思郎從防護網後面走出來。

身穿制服的男女跟一個穿著套裝的長髮女人一起從校舍那邊走來。

（優花？）

那甘甜芬芳、有如花香的味道，一定沒有錯。

（優花！）

顫抖的腳奮力使勁，不顧一切地衝過操場。

「哇，光思郎跑超快的！」

「怎麼了？被蜜蜂叮到了嗎？」

耳中聽到學生們的聲音，但牠眼裡只看得見優花一個人。

「光思郎，看你這麼有精神真是太好了。」

優花停下腳步，蹲下來伸出雙手。

光思郎撲進她懷裡，尾巴搖到快斷掉。

這是夢嗎？花帶來的美夢？

＊＊＊

背後傳來狗的呵欠聲。聽來既像「哈」又有點像「喝」的聲音。

正在寫板書的英文老師鹽見優花轉過頭。

前排學生們見狀也跟著回頭。不想承接大家的視線，坐在最後一排的中原大輔也只好跟著轉身看。

光思郎睡到舒服地翻了個身。

優花微笑著，再次面對黑板。

十一年前開始住進這間學校的光思郎，以人類的年紀算來已經六十多歲。大輔入學時牠就已經是隻老狗，通常都躺在操場的防護網後或者美術室，還有光思郎會所在的美術社社辦裡睡覺。

新年度開始之後，牠不再去防護網後面，改到三年級教室後面睡覺。光思郎總是乖乖待著，老師和學生都習慣了，也不會趕牠出去。所以這三個月以來，牠都跟三年級一起聽課、睡覺。

大輔在筆記本上畫下剛剛回頭那一瞬間看到的光思郎。

一九九九年七月，也就是現在。

根據諾查丹瑪斯大預言，會有恐怖大王從天而降，終於甦醒。恐怖大王有很多不同的說法。總之，地球將會遭遇前所未有的危機，人類可能就此滅亡。諾查丹瑪斯的預言說中了不少事情，所以大輔從小就暗自害怕世紀末的到來。

今天，或者是明天。假如地球即將滅亡，那麼學習英文又有什麼意義？就算沒有滅亡，對於想考藝大的自己來說，比起英文練習術科更加重要。

優花又開始寫板書。大輔趁這個空檔悄悄回頭看了一眼光思郎，開始琢磨細節。

寫完板書的優花開始說明文法。

大輔隔著沒有度數的眼鏡，轉而盯著優花。

今年來到八稜高中任教的鹽見優花二十九歲，是這所高中的畢業學姐，也是光思郎會第一代成員。

她有著細緻得幾乎看不見毛孔的雪白肌膚和一頭黑髮，永遠看來那麼溫柔的大眼睛，水潤的紅唇。雖然束起頭髮、身穿樸素的衣服站在講台上，但在鹽見老師這個身分之前，對自己來說，她先是鹽見麵包工房的漂亮姊姊優花。

小時候他見過這個人。

當時他住在鹽見老師的老家鹽見麵包工房附近。那間店有石窯烤的麵包和餡料豐富的三明治，非常好吃，星期天中午總是很期待全家一起去買麵包。

但是到了自己幼稚園大班左右，父母感情出了問題，之後在他小學一年級秋天決定離婚。聽到這個消息的隔天，他在鹽見麵包工房那片田裡的小徑騎自行車摔倒了。

其實不是什麼大不了的傷，但是因為腳痛和跌倒時的衝擊，讓他好一會兒站不起來。

這時長髮姊姊出現在眼前，將自己帶進那個充滿麵包香氣的店內。

店員口中叫「優花」的她，蹲在自己腳邊仔細地替擦傷的膝蓋消毒。

垂下來的眼睛上方有著長長的漂亮睫毛。他忘記了腳痛，出神地看著她的臉。

傷口處理完後優花站起來。這次自己改以仰望的姿勢看她。

「沒事嗎？」優花低頭俯瞰著自己，問道。視線相對的那一瞬間，他緊張到身體僵硬，胸口不斷跳動。

那是自己的初戀。一見鍾情。

直到現在，他還沒遇過能帶來更大衝擊的人。

在那之後一個月，因為父母親離婚他也搬了家，再也沒去過那間店。

「澤井，妳翻譯下一段。」

「是。」相隔兩個座位前面的女孩老實地回應，站了起來。她正在唸一段關於瑪德蓮這種糕點的英文。

瑪德蓮這種糕點的名稱源自女性的名字，而那個名字取自聖經裡「抹大拉的馬利亞」。

抹大拉的馬利亞在法文裡叫做瑪麗．瑪德蓮（Marie Madeleine）。

馬利亞啊……想著想著，他一邊在筆記本上畫著優花的樣子。

光是畫也沒意思，他試著模仿暑假美術作業時模寫的拉斐爾《草地上的聖母》畫法。

聖經裡的兩大美女，聖母瑪利亞和抹大拉的馬利亞。兩者都是許多宗教畫的題材，也留下許多名作。

自己心目中的兩大美人，聖母瑪利亞是鹽見優花。

抹大拉的馬利亞就是這間學校高兩學年的青山詩乃。

入學典禮那天，第一次在樓梯上跟青山擦身而過時，對方的女人味就讓他忍不住回頭多看了兩眼。當時制裙和泡泡襪之間露出的白皙肌膚，現在還深深烙印在眼中。

不過讓他更驚訝的是，二十九歲的「麵包店姊姊」竟然跟以前一樣，還是那麼清秀溫婉。

他嫌眼鏡礙事，拿了下來，看了優花好幾次，繼續作畫。

本來身材就很瘦，但這一個月以來她好像更瘦了。

在這間教室裡，只有自己知道她消瘦的原因——。

「下一個，中原。」

「啊？」

被優花點到名的大輔，停下了畫畫的手。

「什麼『啊』？接著唸啊。」

手拿教科書的聖母瑪利亞微笑著說。

「那個……從哪邊開始？」

他小聲地問，坐在前面的同學偷偷告訴他：「二十六頁第三行。」

他馬上站起來，唸了一遍英文後翻譯出來。但馬上就卡在句首的「However」這個單字。

他立刻翻成「化為永遠的方法」，優花不解地偏著頭。

「這是哪個部分？」

「However啊。」

身邊的學生偷偷告訴他答案，但是聲音太小，他聽不見語尾。

「啊，什麼？可是……。咦？」

喀噠喀噠，一陣粉底在黑板上敲擊的聲音，優花寫上了「However」這個字。

「這裡應該翻成『然而』才對。『化為永遠的方法』這句話聽起來很美，但你是怎麼想到這樣翻的？」

「『how』就是『how to』的『how』，也就是方法對吧？『ever』跟『forever』很像，所以是永遠？然後我的嘴巴就自動造句了。」

「真的很像你呢，不過這要連成一個字看才可以喔。」

「好。」大輔一邊回應一邊想，「真的很像你」是什麼意思？

「喂，光思郎，快回社辦吧。」

放學後，大輔叫著正用後腳搔頭的光思郎。打了個小呵欠後，這隻白色老狗拖著緩慢的步伐跟在他身後。

大輔跟光思郎一起走向社辦大樓。

到今年五月為止，每天上完課他就會去名古屋上專攻藝大的補習班。但是這兩個月為了探望住院中的外公，他改上星期天的密集講座班。

把光思郎帶到社辦，替牠仔細梳了毛後，大輔獨自離開了學校。

在近鐵四日市車站下了電車，前往公車總站。距離往醫院的公車發車還有一點時間，他決定去買外公愛吃的鯛魚燒。

鈴鹿英數學院這間補習班附近的鯛魚燒店，是一個一個手工烤出來的。通常鯛魚燒是將麵團倒進兩片鐵板模型中，在其中一邊放上內餡，然後合起兩片模型，同時可以烤出很多個鯛魚燒。

不過這間店的模型每一片上面都有一根把手，形狀就像穿刺過鯛魚一樣。看著店家將這些模型在火爐上一字排開，像烤香魚一樣烤著這些鯛魚燒，總是覺得很有意思。

剛烤出來的鯛魚燒皮很薄，當場吃的話邊緣又酥又香脆。冷了也很好吃，怕燙的外公說很喜歡皮跟餡融合在一起的感覺，總是會帶回家後再吃。

買了外公跟自己的共兩個，大輔搭上前往醫院的公車。

公車開始行駛，可以看到遠方的鈴鹿群山。

外公在那片山麓斜坡經營乳牛牧場。那片牧場也是媽媽娘家，從曾外公那一代開始經營。原本在愛知縣從事酪農業的外公十八歲時來到這裡工作，外公外婆在這個機緣下結了婚。

母親說，身為酪農家三男的外公跟牧場繼承人的外婆兩人結婚，無論是他們自己或者周圍，打從一開始就知道外公應該會入贅。

外婆八年前已經過世。一直到自己小學高年級為止，一到暑假就會到外公家住一個月。跟外公在綠色草地上散步、用剛擠出來的牛乳做奶油，那段日子現在回想起來還是很懷念。外公總是會把剛做好的奶油放在熱騰騰剛煮出來的白飯上，加一點醬油給大輔吃。

一想起當時大口大口扒進嘴裡的米飯味道，和散步時牽著自己的外公那雙大手，就忍不住想掉眼淚。

因為自小跟父親分開，比其他孫兒外公更加疼愛自己。出錢讓大輔上藝大補習班的也是外公。

可是外公不但心臟出了毛病，去年腳還骨折無法走路，現在住進療養型醫院接受照護。

牧場由舅舅舅媽繼承，他們太忙，很少有機會來探望。母親在名古屋的公司上班，下班時間都很晚，平日也很難來醫院。於是由大輔來探望，不過最近外公通常都在睡覺。

公車停在醫院前。

他快步走進病房大樓，前往外公住院的樓層。

四月身體出了狀況的外公，一度陷入病危，現在好不容易恢復。可是進入五月之後他從多人房搬到單人房。最近幾乎無法說話，也沒什麼食慾。那間店的鯛魚燒或許外公願意吃一點？

「我進來嘍。」他打了聲招呼開門，聽見外公的呻吟聲。

「怎麼了，外公！」

急忙進去，兩位護理師正站在枕邊。兩人手上都拿著導管跟器材。年紀比較大的護理師看著大輔。

「啊，你是他孫子吧？抱歉啊，現在正在替你外公抽痰。」

外公很痛苦地揮開護理師的手。

「對不起啊。」護理師很抱歉地對外公說。

「中原先生，很難受吧，對不起啊，再忍耐一下。」

在一旁愈看愈難受，大輔低下了頭。抽痰機發出很大的聲音。

「沒事沒事，快結束了，你真棒，中原先生。」

「你孫子來了喔。」

護理師拿著器材離開了房間。

「外公……。」

站在外公枕邊，看到他眼角滲著淚。

沒事吧？本來想這麼問，但大輔沒有開口。又何必問呢？而且外公看起來也無法回話。

外公虛弱地低喃。

「賢治……。」

「舅舅嗎？我不知道他今天能不能來……怎麼了？有什麼事我轉告他。」

外公搖搖頭，看著大輔的眼睛裡寫滿了想說的話。

「實佐子，實、實佐子。」

「媽說她今天也會忙到很晚。什麼事？我會好好告訴他們的。」

「牧場……。」

堆在外公眼角的淚積成淚滴，流了下來。

「回、回……。」

「回……回家？你想回牧場？」

外公點點頭，伸出顫抖的手。

「你想回家是嗎？知道了，我會告訴舅舅跟媽的。」

用面紙替外公擦掉眼淚，再次聽到他微弱的聲音。

「學……學校？」

「學校？我有去上學啊。」

外公指著門，就像要他快點離開。

「你說補習班嗎？我上次也跟你說過了啊，我換到星期天的班了，不用擔心。週末我會好好用功練習的。」

「中原先生。」進來的是一位醫院的員工。

「該換尿布了。方便先離開一下嗎？」

大輔連忙來到走廊上。

雖然早就知道，但是實際聽到外公包尿布，還是很難受。

大輔靠在牆上，低著頭。

外婆過世之前也住在這間醫院，不過當時自己還是小學生，什麼也不懂。

那個時候大人們心裡都在想什麼呢？

「好了，請吧。」

員工出來時打了聲招呼，大輔抬起頭來。

「不好意思，謝謝你。」

低下頭，那位有點豐滿的員工擺擺手。

「別這麼說啊，這本來就是我們的工作。對了，外公的腳好像有點水腫。」

「那該怎麼辦？要幫他按摩嗎？」

「如果可以的話。我們也會多留意的。」

對方溫暖地這麼說，然後推著推車進了隔壁房間。

走進病房，大輔翻開外公棉被一角。腳趾頭確實有點腫，小腿也是。

「外公，我幫你按摩一下腳喔。」

他使力想替外公消除水腫，但外公開始哀鳴。

「對不起，太用力了嗎？」

按摩的手下方簌簌落下一些像橡皮擦屑的東西。不知道是掉下來的乾皮還是污垢，大輔有些慌。

「糟了，對不起啊，外公，我是不是太用力了？痛不痛？」

靠近枕邊，外公搖搖頭，但是表情顯得很痛苦。

「怎麼了？很難受嗎？痰？糟了，怎麼辦。護理師！我叫護理師來。」

外公抓住大輔的手臂。

「不、不要。」

「不要？你不要我叫人來？」

外公點點頭。

「但是不叫人不行啊。」

外公抓住手臂的力道很強。拚命要他別叫人。

「不行啦外公。你胡說什麼。」

按下呼叫鈴，護理師出現，馬上開始準備抽痰。

外公看著大輔，頻頻搖頭。

「外公，馬上就好了。」

「中原先生，不好意思喔。你稍微忍耐一下。」

看到外公試圖打掉護理師的手，大輔忍不住對他說：

「外公，忍耐！」

外公呻吟的聲音跟機器的聲音一起漸漸變大。聽著那聲音大輔忍不住發顫，閉上了眼睛。

抽完痰，護理師離開病房，外公嘴裡似乎在唸著什麼。

「什麼？怎麼了？要喝水嗎？」

靠近枕邊，聽到外公說：「我想死。」

「你不要這樣說！」

自己的聲音聽起來像在怒吼，大輔低聲道歉：「對不起。」

外公閉上眼睛。

他不知道該怎麼辦，呆站在外公枕邊。

「喔，小大，你來了啊。」

病房房門打開，舅舅走進來。

「謝謝你這麼常來啊。怎麼了嗎？」

聽到舅舅的問話大輔輕輕搖了搖頭。

「沒什麼……我會再過來。」

「好啊。」舅舅答道，拿出鐵椅子，坐在外公枕邊。

大輔逃也似地離開病房，在走廊上調整呼吸。

看看時間，還沒到公車發車的時間。他走向放有自動販賣機和沙發的談話室，想買點東西喝，冷靜冷靜。

走到電梯前的談話室，一個年輕女人坐在沙發上。

是鹽見優花。在學校綁起的頭髮放了下來，她一個人垂著頭。

她母親上個月開始住進這個樓層的單人房。

跟母親一起來探望外公時，曾經在走廊巧遇她。當時大人們的對話中優花是這麼說的。

大概是發現有人在附近，優花抬起頭來。

「中原啊……。」

用目光向優花行了一禮後，大輔在自動販賣機買了寶特瓶裝茶。他試圖想扭開蓋子，但是一直打不開。手不住地顫抖。

優花靜靜伸出手。

大輔覺得丟臉，粗聲回道：

「不用，我沒事啦！」

「怎麼會沒事，你手都在發抖。」

拿過寶特瓶，優花替他扭開蓋子。大輔接下飲料，坐在離優花較遠的沙發上。

喝了一口冰茶，情緒稍微鎮定了一些。

「老師妳……妳看起來也不像沒事的樣子。」

「是嗎。」說著，優花摸摸自己的臉頰。

護理師來叫優花，她走向病房，但是沒多久又回來了，手裡拿著應該是從病房帶出來的空寶特瓶，丟進了垃圾桶。

「中原，你在等人嗎？」

「我在等公車發車……。」

「你住這附近？」

說出住處後，優花說：「那我送你。」

「不用啦，公車馬上就來了。」

「考生得早點回家才行。光思郎睡在我車後座，如果你不介意我就順便送你回去。」

「光思郎也在？」

「對啊。」優花按下電梯按鍵。

電梯門馬上打開。先進去的優花看了看他。

在那溫柔目光的引導下，他也跟著進了電梯。

把雜物包重新上肩揹好，聞到鯛魚燒甘甜的香味。

優花開的是白色賓士旅行車。

她把皮包放在前座，打開後座車門。駕駛座後面放著狗的外出籠。

「請坐。」大輔坐在光思郎外出籠的旁邊。

四月開學典禮的早上，新任教師優花開這輛車出現時他很驚訝。聳立在引擎蓋上的三星標誌比校長的車還威風，坐在駕駛座上纖瘦的優花幾乎整個人貼在前車窗上。

優花緩慢又小心地將車子從停車場開到馬路上。

「這還是第一次呢。」聽到大輔輕聲這麼說，她問了一句：「什麼第一次？」

「我第一次搭賓士。」

「這本來是我哥的車，又舊又大，還是左駕，我不太敢開。但是也沒辦法，得開這輛車才能讓我媽躺著來醫院。」

車裡確實很寬廣，如果把椅子放倒，個子嬌小的人甚至可以睡在這裡面。

優花悄然吐出一句：

「不過以後應該不需要接送了。」

大輔想換個話題，目光移到裝著光思郎的外出籠上。聞到一股不知道是毛還是舊抹布的微弱氣味。

「光思郎怎麼了嗎？」

「傍晚突然很難受的樣子，把吃的東西都吐出來了。光思郎會的學生急忙去找五十嵐老師……。今天晚上先由我來照顧，打算帶牠去給認識的獸醫看看。」

「是哪裡不舒服嗎？」

「光思郎也老了啊。狗的壽命很短，總有一天得送牠走的。」

車子在紅燈前停下，優花打開收音機。

傳出男女兩位主持人開心的談話聲。

「廣播太吵了嗎？其實也可以放音樂，不過感覺放點人說話的聲音可以轉移注意力。」

「老師平常在家都聽什麼？」

「很多啊，什麼都聽。」

收音機裡流洩出有點悲傷的探戈旋律。

是〈糰子三兄弟〉這首童謠。女主持人說，這首歌可能會打破昭和時代流行的〈游吧！鯛魚燒君〉創下的暢銷紀錄。

這話題讓他想起今天買了鯛魚燒。

「老師，妳吃鯛魚燒嗎？」
「現在嗎？」優花溫柔地問。
「我買了伊藤商店的鯛魚燒。因為我外公愛吃。」
「不用留給外公嗎？」
「今天根本不是說這個的時候。」
光思郎好像在外出籠裡動了動。一股之前沒聞過的異臭再次冒出來。
「老師，光思郎牠……就算病好了，也不能像之前那樣健康跑跳了吧。」
「就是啊。」優花回答他，同時調低了收音機的音量。
「我直到現在還會想起高中生時聽到的那句話。當時決定要在八高養光思郎的時候，校長對我們說，要我們認真想想，掌管一條生命象徵著什麼。掌管生命，這幾個字感覺好沉重啊。」
他想起外公的淚水。舅舅會怎麼面對外公的要求呢——？
「我……我外公很討厭抽痰，我想一定很難受。他好幾次都拚命告訴我，他不要。可是我什麼也不能做。因為如果不處理他就會死掉，但是外公看起來很痛苦。他還哭了……我該怎麼辦才好？」
「學校的功課……都還好嗎？」
「為什麼現在說這些？」

優花回過神來，說了聲：「對不起。」

「對不起，我剛剛在發呆……所以不經大腦就問出口了。」

優花嘆了一口氣。

「真的很抱歉。你說到一半，我就想到我媽。」

「一樣的。」優花輕聲低喃道。

「我也一樣。我們真的什麼都不能做……。我媽已經不能直接從嘴巴吃東西，得裝胃造廔，讓營養直接進入胃裡。可是我又想，她真的希望這樣嗎？是不是反而延長了她痛苦的狀態？我哥說這樣就好，但他都不來醫院，說自己忙。他說：『我可不像妳，一個人自由自在。』」

優花嘆了口氣，好像把堆積已久的想法都說了出來。

「對不起啊，怎麼換成我跟學生發牢騷了。」

「老師為什麼一個人？」

「你問我這個？」

在紅燈前稍猛地煞了車後，優花垂下頭。大輔從後座探出上半身對她道歉。

「對不起啊，老師，我一不小心就……我就是覺得像老師這樣的人，應該有很多人排隊想跟妳結婚啊。」

燈號轉綠。優花這次很慎重地發動車子。

安靜的車內，充滿著女主持人的聲音。

現在她介紹的是宇多田光的〈First Love〉。這首歌是描述瀧澤秀明飾演的高中生跟老師墜入禁斷之愛的連續劇主題歌。

飾演老師的是松嶋菜菜子，她最近有個廣告，著名標語是「喜歡漂亮姊姊嗎？」。

車子開入四日市的市區。霓虹標誌的光線流入車內。

後照鏡裡映著優花的眼睛。那對眼睛跟以前一樣美，卻比當時更加悲哀憂鬱。

「老師妳可能不記得了，我小時候見過妳。我在鹽見麵包工房附近跌倒哭了，妳出來幫我消毒膝蓋。」

優花似乎想起了什麼，輕嘆道：

「你該不會是騎自行車跌倒的吧？奧運那時候，剛好是漢城奧運那時期？」

「那我就不記得了，畢竟我那時候才七歲。」

十一年前。優花無比懷念地說起：

「我記得啊。我一邊聽廣播一邊看店，店裡沒客人，我正在畫海報。你看了那張畫後說：『是狗嗎？』我還很開心呢。」

「啊！」這次輪到大輔驚嘆出聲。當時自己的確這麼說過。

「收銀旁邊確實有一張奇怪的畫。」

「奇怪的畫？什麼啊，原來你是這麼想的？虧我當時還那麼高興。」

「我應該是分不出是狗是貓還是老鼠，才會開口問的……。」

「想考藝大的人眼光還真嚴格。」

後照鏡裡的眼睛帶著幾分懷念。

「當時光思郎剛到八高，還很小。我正在畫幫牠找愛媽的海報。」

「牠那時候就已經在學校了啊。」

他輕輕撫摸著光思郎外出籠的門。大概是睡著了吧，沒什麼反應。

那個時候他很想養狗，父親答應了，但母親不准。

父母親分開時也不知為什麼，他總覺得是因為自己一直吵著要養狗的關係。現在想想，大人怎麼可能因為這種理由分開。

「原來中原就是當時的小男孩啊……。」

優花笑著，輕輕抹了抹眼角的痕跡。

「你長大了呢，身高都比我高了。那間店跟我家房子現在都已經賣掉了。」

「後來我就搬走了，不知道這些事。」

「現在那邊已經是一片空地。對了，你家在這附近嗎？」

為了想跟優花再多說些話，他指了一條比較遠的路。

可能因為路寬變窄，優花放慢了車速。

「剛剛對不起啊。」她說。

「除了在想我媽的事，其實我高中時也有一個跟你一樣，想考藝大的同學。當時他爺爺一樣在住院。所以我忍不住想起那個人，也擔心起你念書的狀況。」

「該不會是那個叫光司郎的人吧？在光思郎日誌裡畫小狗的那個人。」

「對，早瀨，早瀨光司郎。」

「我知道他。五十嵐老師說過，他是八高歷代想報考藝大的人裡最會畫畫的學生，也是光思郎名字的由來。」

但是他卻沒考上想去的大學。每次提起這件事，五十嵐就會說考試這種東西真的很難預測。

自己想考的大學跟早瀨一樣，但是照現在這樣下去，很難一次就考上。

「這樣啊……那看來早瀨真的很有天分。」

家快到了。母親還沒回來，家裡沒開燈。

車子停在公寓前，大輔伸手握住門把。

「老師，我也對不起，剛剛說了奇怪的話。」

「我都忘了說。」

優花笑著伸出手。

「鯛魚燒給我。」

「請。」遞出紙袋，優花說：「一個就好。」

「你也吃啊。」

大輔從袋子裡抓了一個，開門下車。

優花的車彎過轉角。目送車子離開後，他咬了一口鯛魚燒。

溫潤的甜味，跟以前和外公一起吃的時候一模一樣。

都已經七月過半，但梅雨季節還沒有結束，雨依然不斷地下著。天氣預報說，大概在暑假開始時才會宣告梅雨季節結束。

大輔在光思郎會的社辦寫日誌，一個二年級男生替光思郎梳著毛。

想起他住在優花老家那個學區，大輔不經意地提起了鹽見麵包工房的話題。

這個學弟一邊清理卡在梳子上的毛，隨口回應：

「喔喔，你說鹽見麵包工房啊，現在已經倒了。聽說那間麵包店是英文老師鹽見醬的老家呢。」

他知道有些學生用稱呼偶像的方式叫優花「鹽見醬」。但是實際聽了總覺得很不舒服，大輔板著臉回答：

「我知道啊。以前我就住那附近。」

「喔～」學弟好奇地問：

「大概幾歲的時候？」

「七歲吧。奇怪了，那間店的麵包那麼好吃，為什麼會倒？」

「我也不清楚，但是聽說泡沫經濟那時候鹽見醬的哥哥搞了許多買賣，咖啡酒吧啦小酒館什麼的，後來都倒了。鹽見醬本來有婚約，也因為哥哥欠人家債所以吹了……。」

「是嗎？我聽說的是不同版本耶。」

在房間角落看漫畫的隔壁班星野大輔也加入了話題。

自己這個學年前後不知道為什麼有很多人都叫「大輔」。母親說，自己出生那年甲子園有個明星投手叫荒木大輔，大概是受到了這波「大輔旋風」的影響吧。

「不同版本？是什麼？」

聽學弟這麼問，星野搔搔頭。

「鹽見老師本來跟一個在名古屋工作的男人有婚約，但是那個人不知道是去了東京還是去國外工作，後來就沒在一起。我家親戚之前在那邊工作過。不是麵包店，是鹽見老師大嫂開的小酒館。那些人口風都不太緊。」

光思郎微微哼了兩聲。

「怎麼了，光思郎？哪裡痛嗎？還是癢？」

聽到學弟的聲音光思郎再次低吼。平常安靜的牠很少會這樣。

大輔來到光思郎旁邊，雙手夾著牠的臉。不知道是不是自己多心，總覺得牠的眼晴好像在生氣。

「嗯……你是想說，不要在人家背後說閒話對吧？」

「怎麼可能。一定是哪裡痛或者癢啦。」

「不不不。」星野來到大輔身邊。

「其實我偶爾會覺得，有時候光思郎表現得很想加入我們的會話。」

學弟將梳子抵在光思郎脖子附近。

「我就沒有這種感覺。不過如果是這樣，牠說話會是什麼感覺啊？牠現在年紀已經很大了，會像卡通蠑螺小姐裡的波平一樣嗎？」

「『咰咰，我才不會這樣說話呢。』」

星野模仿起波平的音色後，用雙手夾著光思郎的臉搖了搖。

「你說起話一定更可愛對吧？畢竟你小時候那張圖超可愛的。記得嗎？就是『傳說中的男人，光司郎』幫你畫的那張……這樣說起來好像在講《北斗神拳》喔，對吧？」

「聽說那個叫光司郎的人，長得超高大又帥，還留一頭長髮。」

「一頭長髮，像中原這樣嗎？」

星野摸了他的頭髮，大輔輕輕拍掉他的手：「別碰啦。」

兩人開始聊起電視上重播的動畫冠有副標題「世紀末救世主傳說」的《北斗神

拳》。大輔沒有加入他們的話題，站了起來。他走向書架，拿起光思郎會第一本日誌。
始於平成元年的這本日誌，一開始就由「傳說中的男人」畫下了小狗光思郎。
確實很可愛，畫得非常好。可是他覺得也沒有好到足以讓美術教師五十嵐稱讚為歷代報考藝大的人中最好的學生。
帶著半分嫉妒，他用力闔上日誌。過度用力之下日誌掉到地上，封面有些移位。黑色合皮封面下露出了紙製封面。他想著要重新裝好，將封面整個拆下，結果看見一張佔滿整個封面的圖。
穿著牛角釦外套的長髮少女正在微笑。那燦爛又幸福的笑臉，讓人看了忍不住要跟著微笑。
是鹽見優花。小時候讓自己心動不已的她。
腳邊有隻小白狗。應該是光思郎小時候。從下方的簽名可以知道是早瀨光司郎的作品。
「這是……不會吧。」
這張畫的可愛程度，濃烈到幾乎要覆蓋掉自己記憶中的優花。整顆心都被這張畫吸引，大輔呆站著不動。
有個東西碰了碰膝蓋後方。轉過頭，光思郎的身體正蹭著自己。
「怎麼？你也想看？不是嗎……想繼續梳毛嗎？」

星野和學弟的話題已經從《北斗神拳》轉移到《七龍珠》，接著熱烈討論起十月即將開始播放的動畫《海賊王》。

大輔代替學弟繼續替光思郎梳整，再次想起少女時代的優花那張圖。

自己想去的大學，連那個人都考不上嗎——？

自從在光思郎會社辦看了早瀨認真畫的作品之後，他再也畫不出自己想畫的東西。

八月的一個星期六，夏季講習開課，大輔在名古屋的市營地下鐵千種站下了車，走過廣小路通上方的長長天橋。

陰暗的天空下，跟自己差不多年紀的男男女女沉默地往同一個方向走著。

連接千種車站和河合塾千種校的這座天橋被稱為勝利之橋。或許是因為每天都有大批學生走過，總覺得這道橋的邊緣好像有點凹陷。

過了橋，大部分人都被吸進往左轉的那棟補習班大樓裡。只有幾公尺前方還有一個人繼續往前走。那個人跟自己一樣準備報考藝大。通道的盡頭是河合塾美術研究所的畫室。

搭進充斥著畫材油彩味的電梯，精神瞬間緊繃。今天也要帶著這樣的氣勢，好好面對課題。

可是一開始還能專心，一旦喘口氣觀察周圍，就會覺得旁邊每個人都比自己畫得好。這幾天一直陷入這種狀況。

他試圖讓自己鎮定下來，但只是愈畫愈糟。老師的講評遠比想像中更毒辣，讓他幾乎想當場逃開。

那張優花的畫或許被下了詛咒。

諾查丹瑪斯預言中危險的七月，全地球都平安無事。但對大輔個人來說，早瀨那張畫帶給他的衝擊，相當於讓世界步向滅亡的恐怖大王。

再說，諾查丹瑪斯做出預言已經是很久之前的事。說不定有一兩個月的時差。那麼世紀末危機就會在這個月來襲。

這個世界還不如乾脆毀滅得一乾二淨。

大輔滿心不耐地離開了補習班。

從地下鐵千種車站前往名古屋車站，將自己整個身體丟進近鐵名古屋線的座位裡。電車從地下來到地面上，外面還下著雨。聽著那雨聲，不耐漸漸變成了不安。

最近自己的技術一直沒長進，但是身邊其他人卻進步得很快。所以每次講評排名逐漸往後掉，好像只有自己被遠遠拋在後面。

到底是哪裡不對？該怎麼辦才行？應該換志願嗎？說到底，進了藝大就能有光明的未來嗎？真正能靠畫畫生活的人只有鳳毛麟角吧。

而且自己事到如今才在煩惱這些事，就表示已經輸給其他考生了。

那個叫早瀨的男人，也曾經這麼沒自信嗎？

緊咬著牙關過了三十幾分鐘，電車來到四日市車站。他走向近鐵內部線月台準備換車時，接到了母親打來的電話。

母親說外公病危，要他搭計程車快趕去醫院。

在暴雨中急忙趕到醫院。繼承牧場的舅舅舅媽跟母親已經在病房裡。

「對不起我現在才到。外公呢？」

「喔喔，小大啊。」

坐在外公枕邊的舅舅輕輕抬手。

「外公狀況又好轉了。剛剛本來想打電話給你，對不起啊，一忙就忘了。」

「不，不要緊。好轉了就好……。」

他將裝了畫材的大包包放在地板上，舅媽說：「你東西還真大呢。」語氣裡帶著刺。

「小大補習班剛下課嗎？吃飯了沒？」

「還沒……怎麼了嗎？」

「這個嘛……。」

舅舅沒說清楚，看著站在床尾的舅媽跟母親。

一頭短髮燙成細密捲度的舅媽緊抿著唇，直盯著一處。她身邊的母親也靠著牆站。舅媽身邊明明有一張椅子，但她好像故意不坐下。

大輔打開折疊椅，對母親說：

「怎麼了，媽？坐啊，幹嘛一直站著？」

母親沒回答，也沒坐下。

「哥。」母親叫了一聲，將頭髮往上撩。

「哥你真的覺得這樣好嗎？不覺得太殘忍了？」

「好了，實佐子，小大都說了，妳就坐下吧。」

「怎麼了？我聽不懂你們在說什麼。」

舅舅說，大家因為要不要在外公胃裡加裝管子輸送營養，有不同的意見。就是優花說過的「胃造廔」。

舅舅舅媽希望維持自然狀態，但是母親希望使用胃造廔。

母親強擠出聲音。

「爸到目前為止撐過好幾次危機，現在他拚命想活下來。」

「或許吧。」說著，舅舅看了躺在病床上的外公一眼。

「但是醫生也說，繼續這樣下去只會給他的身體帶來負擔。」

「可是我覺得爸應該想看著大輔長大成人。」

大輔靠近病床，看著外公。外公閉著眼睛，身體一動也不動。

看著外公凹陷的雙頰，他想起外公抽痰時難過到泛淚的樣子。

才短短幾秒的抽痰就那麼痛苦，外公真的會希望在自己的胃裡開個洞嗎？

大輔離開外公枕邊，小聲地說：

「媽……外公抽痰的時候很痛苦，他還……還慘叫了。我覺得不應該再讓他繼續這麼痛苦。」

舅媽頻頻點頭。母親看了小聲地說：

「大輔，你先回去。」

「搞什麼啊？一下叫我來一下叫我回去。先不要說胃造廔了，讓外公回家一趟吧。外公一直想回家、想看牧場。」

舅舅嘆了一口氣。

「這有點難啊，小大。」

「大輔，不要讓事情愈說愈複雜。你先別說話。」

「我為什麼不能有一點意見？你們想讓我當大人的時候說我是大人。這種時候就把我當小孩，這不是太奇怪了嗎？」

「真的很奇怪。」

一直看著對面牆壁的舅媽突然插了嘴。

「實佐子，妳真的很奇怪。重要的時候永遠不出面，說妳工作忙，難道我們工作就不忙了嗎？我們也得忙著照顧牛隻，還不是得找空檔過來，但是親生女兒實佐子總是不能來？上次病危的時候，妳不也沒來嗎？」

「那是因為哥跟大輔打電話通知我情況好轉了啊。」

外公一星期前的傍晚也一度陷入病危。大輔到的時候舅舅舅媽已經在病房裡，但母親去大阪出差，人不在醫院。

聽到舅媽強硬的語氣大輔開始同情母親，連忙安撫。

「舅媽，話不能這樣說，我媽那時候人在大阪，也不可能馬上趕來，所以我才代替她來。」

舅媽丟來一道銳利的視線。

「大輔當然得來啊，誰叫你外公覺得你是男孩，向來最疼你呢。補習班的錢也是外公出的吧？我家孩子可沒有這種待遇。」

「沒這回事吧。」母親立刻反駁。

「千香成人式的時候爸不是買了振袖給她？找到工作時給她車、結婚時還出錢讓她辦了那麼豪華的婚禮。生孩子的時候也是。這些我孩子可什麼都沒有。出補習班費用又怎麼樣？別說得好像抓住人什麼把柄一樣。」

「大輔從高一就開始上補習班，換成和服大概可以買兩三件吧？輕型車都不知道能買幾輛了。不只這樣，千香入學典禮時只收了一個書包，但是大輔因為是男孩子所以爸還買了新書桌給他！爸每次都說，實佐子只有一個人養孩子得多幫幫她，結果一旦出事妳倒是什麼事都丟著不管。」

舅舅輕聲說：

「妳們兩個都別說了。」

靠在牆上的母親站到舅媽正面。

「大嫂，既然話都說到這裡了那我也不客氣了。爸的牧場和房子呢？我本來是打算放棄自己繼承的部分。要不然就只能把牧場賣了換現金才能分配。我也有話想說的！」

「好了，爸會聽到的。實佐子妳先坐下，冷靜一點，好吧？」

舅舅站起來，隔開兩人。看到平常開朗的舅舅滿臉苦澀，大輔也叫了母親。

「媽，別這樣。不要在這邊吵，要講去其他地方講吧。」

「我告訴你，大輔。」

亢奮的舅媽站起來。

「就是因為單人房才能說這些。這種話能在談話室講嗎？你媽又根本不來我們家。」

「大輔，你先回去。大嫂，不要遷怒在孩子身上。」

舅舅站起來，從褲子後面口袋抽出皮夾。

「小大，不好意思，你先迴避一下。這個你拿去。」

舅舅從皮夾拿出五千日圓鈔票。

「去打電話叫計程車，公共電話那邊有貼號碼。多的就拿去吃點東西。記得跟司機拿收據。」

「不用，我可以搭公車回去。」

「哥，不用了。大輔，還給舅舅。」

「收著，快去吧小大。」

舅舅將鈔票塞進大輔口袋。大輔想還他，但是看到舅舅一臉希望他快離開的表情，只好先離開病房。

才剛說完那些事，實在不想用舅舅的錢。他走向電梯想去搭公車，看到談話室裡坐著一個彎身駝著背的女人。

是優花。放下的長髮在她背後輕輕搖動。

好像在哭。

他假裝沒看見，就這樣走過來到電梯前，背後聽到一個男人大聲說：

「優花，我們先回去啦。」

一個曬得黝黑的男人跟擦了血泡般深紅色指甲油的女人站在自己身邊。腋下夾著鱷魚皮扁包的男人看起來體格健壯，看起來應該是在日曬沙龍和健身房練出來的。

優花沒打招呼，一直沉默著。

電梯門打開，兩人先走進去。

「啊，你們先請。」

大輔讓優花家人先走，自己回到談話室。

他很想遞手帕給優花，但是手帕上都是素描用的炭筆痕跡。沒辦法，只好遞出在名古屋車站拿到印有高利貸廣告的面紙包。

優花慢慢抬起頭，仰望著大輔。

大輔心中將她放下頭髮的樣子跟少女時代的面影交疊，覺得一陣淒楚。

「老師，那個……該不會……」

該不會過世了吧。這句話他實在說不出口，優花大概也察覺到了，答道：「不是的。」

「不過……家裡出了很多事。」

抽出兩張面紙，優花擦了擦臉。

「謝謝。對不起啊，讓你看到這麼難堪的樣子……。」

大輔靜靜搖搖頭，走出談話室。

搭上上來的電梯，走向公車站。

可能因為是星期六晚上，班次很少。下一班公車要等到一個半小時之後。

他想乾脆搭計程車回去，走向商店旁邊的公共電話。

舅舅說得沒錯，公共電話上的牆壁貼了計程車公司的聯絡方式。他拿著PHS，盯著那個號碼。

計程車公司號碼的下方，還有好幾間葬儀社的電話號碼。

他呆呆看著那些號碼，聽到一個女人的聲音叫他。

「中原……。」

優花溫柔的聲音讓大輔將視線從葬儀社號碼上移開。

看到廣告的優花表情一暗。

「搭計程車！？今天下雨，車很難叫的。」

優花看看入口。雨已經轉小，但暫時應該還不會停。

「不介意的話我送你吧。」

「沒關係，不要緊。」

不要緊這三個字的聲音微微地顫抖。

優花拍拍他的背。

「好了好了，我們走吧。順便買些飲料。」

大輔不需要飲料。但是溫柔的聲音讓他不由得點了頭。

碎花圖案的傘打開，優花走進雨中。那背影漸漸模糊，大輔拿下眼鏡，擦了擦眼睛。

幸好是雨天。

在這種雨裡，哭了也不會被發現。

優花的車子後座今天也放了光思郎的外出籠。

光思郎吐了之後，一到週末優花就會把光思郎帶回家裡照顧。今天也去看過了獸醫。

打開後座車門，正想整理行李，優花卻停下手。

「對不起啊中原。今天行李太多了。坐前座可以嗎？」

雖然擦掉了眼淚，還是有點尷尬。大輔安靜地點頭。只是哭了一下，卻覺得好累。優花一定也跟自己一樣。

車子小心地從停車場開上馬路。優花開車向來都很謹慎。

喝著寶特瓶裝茶，大輔望向窗外。

雨勢已經變小，大概再過不久就會停了吧。

一片黑暗中，可以看見星星點點的萬家燈火。

他將目光從車外的黑暗移到優花身上，她一臉平靜地開著車。

扭緊寶特瓶蓋，放在大腿上。

可能是因為剛剛沒有假裝沒看到哭泣的優花又折回去，她也看到了自己動搖的樣子。而且還讓她送自己回家，甚至買了飲料。

簡直像個小孩子一樣。

「中原啊。」優花鎮定地開口。

「也幫我開一下。你可以用那邊的杯架。」

他把腿上的寶特瓶放在杯架裡，拿過優花的飲料扭開瓶蓋交給她。

喝著茉莉花茶，優花小聲地說：

「那個公共電話……我第一次看到的時候心裡也很慌。其實我們很容易忘記，但醫院就是這種地方，生死同時存在的地方。」

「知道是知道……但……。」

外公下次離開那裡，就是死掉的時候。一想到這裡就覺得很難受。如果是這樣，哪怕只有短短時間，他還是想讓外公回家一趟。

要是自己會開車。他就會租一輛大車載外公回去。只有一下子也無所謂，想讓他呼吸一下牧場的空氣。

「真希望……自己可以快點長大。」

「是嗎？我倒想回到小時候，最好是高中那時候。」

伸出細長的手指，優花打開收音機。

女主持人正在介紹一九九〇年代的熱門排行。

在風格強烈的大鍵琴前奏之後，是女歌手的聲音。

這是美夢成真的〈LOVE LOVE LOVE〉。好像是一九九五年公信榜年度排行榜第一名。

「好懷念啊。」優花輕聲說。

「那時候我在桑名的高中工作。那齣連續劇叫什麼？『跟我說愛我』嗎？每週都很期待看豐川悅司跟常盤貴子的那齣戲。」

「老師也看連續劇啊，還是愛情連續劇。」

「老師也會看連續劇，也會談戀愛啊。」

後座的光思郎打起呵欠。收音機傳出主唱的那句歌詞「呼喊愛情」。

那句歌詞讓他想起偷偷藏在光思郎日誌封面下面那張優花的畫。

「老師高中時候該不會跟人類光司郎交往過……吧？」

「怎麼問這麼奇怪的問題。」

聽到對方困惑的語氣，他馬上道了歉：「對不起。」。

「怎麼說呢……在學校時綁起頭髮，就覺得妳是老師，可是像現在這樣放下頭髮，更覺得妳是鹽見麵包工房的姊姊。」

「所以你會問麵包店姊姊這種問題？」

「對啊，作為人生的前輩。」

正確來說不是人生的前輩，是初戀對象。麵包店的漂亮姊姊。

「人生的前輩？也好啦，聊聊這些可以轉移一下注意力。……當時八高的女生都很崇拜早瀨，他長得很帥啊。」

「聽說他長得超高大又粗壯，還一頭長髮。」

「那是誰啦？沒有一點像他。」

「是嗎？這可是八高的世紀末光司郎傳說呢。」

「世紀末光司郎傳說。」優花跟著重複一次，笑了。

「變得太誇張了吧。早瀨其實跟你很像。還有受女生偷偷喜歡這一點也是。你畫畫的時候會把眼鏡拿下來對吧？女生都會對這種小地方心動的。」

大輔從來沒聽說過這種事，偏頭不解。

「這種地方有什麼好心動的？」

「不覺得這表示要開始認真了嗎？眼鏡這種東西，在跟異性深入接觸的時候會拿下來啊。」

一想到深入接觸指的是什麼情況，大輔不由得一手掩住嘴。

「什麼？接吻嗎？還是更進一步？只是拿掉眼鏡就有這麼多幻想？妳們女生也太

色了吧。」

「我上課時看到你拿下眼鏡，就知道你又在筆記本上畫畫了。不過你上課要專心啊。你眼鏡沒有鏡片？」

「對啊，戴著眼鏡心情比較自在。因為我長得太像女生了。」

「那是因為你五官很漂亮啊，其實不用藏的。以前在我家門口哭的時候確實也很可愛……。」

「啊。」優花輕聲感嘆。

「對……記得當時我也一度以為你是女孩子。」

「老師，妳真的很會不著痕跡地戳人痛處耶。」

「彼此彼此。」她帶著故意捉弄人的語氣。

「真沒想到不止一次，我那張畫兩度被要考藝大的人看過。早瀨看了那張畫也說不出話來，一臉看到不得了東西的表情，與其那樣還不如直接嘲笑我。」

「老師真的一點畫畫天分都沒有耶。」

「好像是呢。」優花難為情地笑了。看到她的笑臉，心情突然輕鬆了一些。

廣播節目主持人開始介紹一九九七年的百萬唱片。鋼琴前奏開始響起。是GLAY的〈HOWEVER〉。

想起前幾天的課堂，大輔笑了出來。優花也被他感染，又笑了。

「HOWEVER呢……。高中時的心動，想起來真的又柔軟又甜美。HOWEVER，然而……。」

「這個字我記住了，以後絕對不會忘。」

「嗯，別忘了啊。」

優花笑著，嘆了口氣。

「說句不像老師的話，長大之後的戀愛可沒有那麼甜美。尤其是出社會之後。」

「所以妳大學時代很開心。」

「開心是開心啊，畢竟沒什麼責任，戀愛和學習就是工作。不過從地方去都會區求學的人，找工作時總是會煩惱，要回老家、還是繼續在都市工作。不同選擇結果可能會讓戀愛瞬間劃下句點。」

優花的母校是東京一間門檻很高的私校。光思郎會的星野大輔他姊姊也進了同一間大學，現在在東京的廣播電台上班。

「老師沒想過要在東京工作嗎？」

「想是想過，但是當時我父親生病。家裡人哭著求我，不幫忙家裡工作也無所謂，但希望我能回家。」

優花回到了故鄉，但老家麵包店已經倒閉。在醫院看到那個吊兒郎當的男人，假如傳聞沒有錯，就是優花那毫無章法胡亂經營、把家業搞垮的哥哥。

「真是自私。」

他忍不住這麼說，但沒想到優花卻篤定地回答：

「不，我不覺得他們自私。」

「為什麼？」

「對我家人來說，還是希望孫兒可以待在近一點的地方。我只是沒有在東京找到什麼足以忽視他們這種情感的目標。假如有，我想家人應該也會支持我。……再加上我也想當老師，這個選擇我覺得很好。」

假如考上志願大學，明天自己也會去東京。

有一天自己是不是也會煩惱，要回到這裡還是留在東京？

「住在東京的人真好，不需要煩惱要不要回老家的問題。去考試時也可以直接從家裡去，可以正常通勤通學。」

「如果是名古屋這裡也可以從家裡通勤通學啊。」

「但是我想去東京。」

「東京啊。」優花喃喃唸道。

「二十一世紀的日本，等到你為人父母，到時東京可能會變成國外吧。就像我們煩惱要不要去東京，你的小孩可能會煩惱要上日本的大學還是美國的大學，或者要在日本工作或者國外工作。」

「那麼久以後的事情無所謂啦。說不定明天地球就滅亡了。」

「諾查丹瑪斯的大預言對吧？」

聽到優花脫口而出，大輔好奇地盯著優花。

「老師該不會也在注意這件事？」

「有點吧。我以前也看過那本書。小時候很流行啊。」

「七月平安結束了呢。」

「但是八月的太陰曆跟七月重疊不是嗎？如果是依照太陰曆來預言，可能這個月會發生什麼事也說不定。」

他很驚訝優花竟然跟自己有一樣的想法，不覺提高了音量。

「啊？真的嗎？老師也這麼想？」

「其實我上個月開始偶爾會這樣想，假如世界末日到了我會做什麼。」

「那妳會做什麼？如果現在這個瞬間世界要滅亡的話？」

「回醫院。」

突然被拉回現實，心情頓時一沉。想起了母親跟舅媽在外公沉睡的病房裡爭吵的樣子。

「對不起。」優花慌張地說。

「我竟然認真回答了。那你呢？」

「啊？我應該也會先回家吧。」

車子在尷尬的氣氛下開進了市區。

收音機傳出一九九八年的百萬單曲，是SMAP的〈夜空的彼端〉。

看看外面，雨已經完全停了，月光皎皎。

無風的晚上，精煉廠煙囪的煙筆直往上飄。

車停在紅燈前，優花喝了一口飲料。

「空氣變乾淨了呢。下過雨的這種日子光線可以看得很清楚。……你剛剛的問題，如果『感覺』世界快要毀滅，那我有個更愉快的答案。我會去看夜景。」

車接近家附近。大輔帶著依依不捨的心情問優花：

「從哪裡看？」

「垂坂山那邊，或者港邊。看著夜景就會忘掉微不足道的小事，覺得還可以加點油。但是最近不管看幾次都提不起勁。」

「因為不是微不足道的小事啊。」

「對啊……。你家在這邊彎過去對吧？」

車子彎過馬路，後座的光思郎輕叫了一聲。

大輔從前座轉頭看著光思郎。光思郎也從外出籠盯著他看。

「怎麼了光思郎？表情這麼嚴肅。」

優花一邊開車一邊溫柔回應。

「光思郎，等一下就放你出來嘍。」

光思郎又叫了一聲。大輔把手伸到外出籠前，牠熱切地聞著手指的味道，然後盯著大輔眼睛。

就好像在催促他做什麼事一樣。

心裡乍然浮現一個想法。他想假借光思郎的名義，再跟優花多待一會兒。

他凝視著光思郎。不是自己的錯覺，光思郎也還想再多待一下子。

「老師……我覺得光思郎想出去。」

「憋著很不舒服吧，再等一下喔。」

雖然知道這樣很厚臉皮，但大輔試圖再努力一把。

「那個……老師。我覺得光思郎應該在說，他想跟我們一起去看夜景。」

優花把車停在家門前，忍不住笑了出來。

「你想看夜景？」

「想。」

優花打了方向燈。喀噠喀噠，車內迴響著表示停車中的聲音。

優花回頭看著光思郎，摸摸牠的外出籠。

「光思郎確實很喜歡晚上出門呢。上次一起去看夜景，牠也看得很開心。」

「對不起，說了奇怪的話。」

優花關掉方向燈。

「好啊，走吧。在世界末日之前，去看看我們生活的城市吧。」

其實他只是把看夜景當成藉口，想把這個人帶走。

可是對現在的自己來說，這已經竭盡全力了。

優花所說的「港邊」觀賞夜景的地方，是剛完工不久的四日市港口大樓。這棟建築物裡還有港灣管理工會和相關辦公室，是縣內最高的大樓。地上九十公尺的最高層有個名叫「海濱露台」的展望室。

穿過南國風椰子樹並排的停車場，風裡混著海潮的味道。

大輔抱著裝了光思郎的外出籠，跟優花一起踏進展望室。

可能因為傍晚開始下了大雨的關係，玻璃帷幕環繞的寬廣室內幾乎沒有人。

跟優花並肩站在玻璃前，腳下是一片精煉廠工廠群的燈光。

金屬質感的白和淡綠色的光漩中，突出好幾根有紅燈閃爍的煙囪。這些炫目耀眼的閃亮光線，目的在於呈現工廠的設備狀態。黑暗夜幕之中，更襯托出這片工廠的存在。

對面大量的黃色橙色光粒，滿滿散落在地表上。

有人住的街區光線溫暖，但工廠群的光卻那麼清冷。廣大的山脈和夜空宛如雙臂，包圍住這所有光線。

把光思郎的外出籠放在地上，旁邊的優花跪坐在光思郎旁邊。

大輔把兩人留在窗邊，去商店買了餅乾。

結帳時看到收銀台旁邊放的附鏡頭軟片機「富士即可拍」。想到可以跟優花和光思郎一起拍照，也買了一台拋棄式相機。

買了相機後，店員借給自己一塊黑布當作暗幕。店員說從展望室拍夜景時，在暗幕裡拍可以防止拍到玻璃裡的倒映。

這塊暗幕黑布還不小。大輔看了突然想起了什麼，小跑步到優花身邊。

「老師、老師，我們用這個暗幕吧。」

優花好奇地抬頭。

「怎麼用？」

「妳看著吧。」

大輔讓暗幕的吸盤吸附在優花頭上的玻璃。被吸盤固定的大塊黑幕像紗簾一樣垂在優花頭上，纖瘦的身體完全包裹在黑色的布下。

旁邊繼續用同樣手法固定吸盤，用布蓋住光思郎的外出籠。

大輔也走進覆蓋住優花和光思郎的暗幕裡。這裡好像成了一頂兩人一狗的小帳篷。

「老師，這樣就沒人看到了，把光思郎放出來吧。」

「話是沒錯啦……。」

優花環顧暗幕裡一圈。

「不過不行啦，規則就是規則。」

「又沒人知道。再說今天幾乎等於包場，不會干擾到別人的。」

現在展望室裡只有兩個在拍攝夜景的人。他們將自己帶來的暗幕貼在玻璃上，從外面只看得見腳架跟他們的腳。

優花從暗幕探出頭，確認了一下狀況。

「也對，那放牠出來應該沒關係吧。」

打開外出籠的門，讓光思郎出來。牠緊靠著優花身邊坐下，鼻尖貼在玻璃看著外面。

優花摸著光思郎的頭，看著街上的光。

「聽說狗的眼睛無法分辨顏色，所有景色看起來幾乎都是黑白色調。但是應該可以識別光線。」

優花指向光線中特別黑的一個角落。

「那是伊勢灣吧。再過去的光是知多半島。」

海的另一端橫跨著一條光帶。在外公的故鄉那塊土地，牧場的最高處也能看到很遠的風景。

「外公的牧場景色也很好。從那裡可以看見伊勢灣。水澤那邊……就是在御在所岳山腳下。」

「那附近的標高很高呢。水澤在那邊。你跟我小時候住的地方也在那一帶。」

優花指向跟知多半島相反的方位。

漆黑相連的山群腳下，有許多細小光粒聚集。

優花凝視著那些光。

「以前啊，我曾經在除夕那天去看過夜景。我們家麵包店附近有一座叫一生吹山的里山。」

「我不記得了。」

「那附近的夜景也很漂亮。離開小徑還可以看到鈴鹿和養老山系和伊吹山。我因為喜歡從那邊看的夜景，之後還去看了橫濱、東京、香港、函館的夜景。但現在我最喜歡這裡。」

「我們拍張照片吧，老師。」

優花好奇地盯著他手上的「富士即可拍」。

「聽說再過不久，行動電話和PHS上也會有相機。」

「真的會這麼常拍照嗎？」

「有的話就會拍吧。你看起來也很會拍照的樣子。有畫畫天分的人真好。」

「是嗎。」他刻意隨口敷衍了一句，大輔拍下優花和光思郎的照片。雖然沒什麼把握，但他還是把相機抵在玻璃窗上，拍了夜景。

「上次你不是把『However』翻成『化為永遠的方法』嗎？我覺得很有意思，很像你。」

「哪裡像我了？完全不懂。」

「畫畫和照片，都是讓瞬間化為永遠的方法。我有一張光思郎小狗時期的畫。」

優花摸著光思郎的背。

那是早瀨畫的嗎？

「現在已經想不起當時的事，不過畫裡的小狗光思郎樣子，卻能永遠存在……。早知道就應該多拍些照片的。真羨慕你們這些擁有化為永遠的方法的人。」

這個人知不知道光思郎日誌封面下的那張畫呢？

有點想告訴她，也有點想永遠藏起這個秘密。

夜空的彼端有一兩顆光點往這裡接近。可能是來自名古屋或東京的飛機燈光吧。

「早瀨現在人在國外。你一定也可以到離這裡很遠的地方，大展身手。」

「要是可以就好了，但是我現在覺得自己可能考不上大學。」

優花將額頭抵著玻璃窗，閉上眼睛。

感覺優花好像要掉進光漩裡，他往那肩頭伸出手。

可是在快觸碰到之前他又縮了回來，摸著光思郎的背。

優花睜開眼睛，指向山那邊。

「那是山、這是海，還可以看到街景跟港口和工廠。我覺得這裡看出去的景色最能代表這個城市。我們就是生活在這裡、在這裡長大的。」

「別忘記了喔。」優花輕聲說道。光海燦然，照亮著她的微笑。

隔天星期天夏季講習停課。昨天很晚從醫院回來的母親心情不太好，吃完早餐就去了之前預約的美容院。

從四日市車站搭上公車，大輔前往外公跟舅舅經營的牧場。

探頭看看牛舍，舅舅正在餵牛飼料。看到大輔他停下手，一邊擦汗一邊走來。

「小大，昨天抱歉啊。怎麼了？你媽說什麼了嗎？」

「不是啦，對不起。我不會干擾大家工作，可以去廣場那邊看看嗎？」

「喔，可以啊。等等到家裡來吃個飯吧。」

舅媽拿著水桶進了牛舍。他打了招呼，但舅媽只是隨口應了一聲馬上就離開牛舍。

舅舅盯著她背影。

「你別怪你舅媽。平常老老實實的人，很多話都積在心裡，一旦想發洩就很難控制。」

反正你們大人的事小孩也不懂。

他差點脫口這麼說，但還是沒說出口。大輔對舅舅說別在意，離開牛舍。

這座牧場利用山的斜坡打造了放牧場，現在這個時間坡面上沒有牛。他擦著汗，慢慢攀上陡斜的坡面。

涼爽的風吹過綠色草地。

穿過放牧場繼續往上走，在最高的草地上有一座小廣場，放置著外公為了孫兒們親手製作的遊具。

小時候外公會牽著自己的手來廣場，大輔站在這裡，眼下是一大片綠色茶園。御在所岳的山壁就在右邊，左邊遠方的四日市市區顯得很小。再過去是一片蔚藍大海。海的那邊看到的土地應該是知多半島，也就是外公的故鄉。

想看牧場的外公，腦中想的是哪一片景色呢？是生活了很久的這裡，還是故鄉的牧場？

打開素描簿，大輔將景色畫在紙上。

無論世界如何轉變，自己手中擁有能讓瞬間化為永遠的方法。

在牧場上畫的這張圖，因為相當專注，當天就完成了，隔天大輔將圖帶到外公面前。

二度病危的外公十分消瘦，緊閉著眼。但是大輔一來到床邊，他還是微微睜開了眼睛。

「外公，感覺怎麼樣？我今天帶了一張畫給你喔。」

大輔將畫好的圖放在外公眼前。

「看得見嗎？這是廣場看出去的景色。有房子、還有牛舍。」

外公臉上浮現了淡淡的微笑。

「天空很漂亮，昨天還能一直看到知多那邊。你看，就是這裡。」

指著知多半島的位置，外公的手也稍微動了動。

「我還拍了照片，要看嗎？」

外公輕輕搖搖頭，伸手去摸那幅畫。

他正在觸摸畫裡的故鄉。那顫抖的手接著移向牛舍和房屋。

外公微笑輕撫著這幅畫好幾次，掉下了眼淚。

他好像在跟懷念的家和牧場揮著手。

大輔心裡這麼想著，那一瞬間，眼淚也撲簌簌地掉了下來。

放牧場一角那片芒草穗開始搖曳的時節，外公離開了人世。裝飾在病房的那幅畫也一起放進了棺木中。

這是他第一次把自己的畫送人。第一次投注這麼濃烈的心意，也是第一次廢寢忘食地作畫。

開年一月，二〇〇〇年開始的同時，優花請了喪假。在教室聽說了這件事，他心想，優花開著那輛大車載送母親的日子也終於結束了。

這年三月，志願大學的合格榜單上出現了自己的准考證號碼。

通過術科的初試、準備複試時，他心裡確實抱著希望，說不定真的能考上……。但是等到術科複試正式開始，發現周圍考生水準都高得嚇人，他整個人士氣大挫。但是竟然還能考上，自己也覺得不可思議。

三月底，母親因為長期出差不在家，大輔自己一個人忙著寄送搬家的行李。床跟書桌等大家具打算到東京再買，需要托運的行李並不多。

不過當他把被套、用慣的音響搬離家時，確實感到自己可能再也不會回到這個家生活了。

就像外公一樣，十八歲離家後，自己一定也會在遙遠的某個地方迎接人生的最後一刻吧。

十八歲的春天，外公離開故鄉時帶著什麼樣的心情呢？

明亮的陽光中，目送前往東京的卡車離開，他覺得自己比以往都更接近外公。

搬家時他叫的是混裝卡車，把前往同一個方向不同客戶的行李都裝在同一輛卡車上。到東京要花兩天時間，但是價格也比較便宜。

趁這期間，他還有想做的事。

大輔從餐桌拿兩本光思郎日誌。拆下第一本光思郎日誌的封面，可以看到畫有身穿牛角釦外套的優花和小狗光思郎的封面。

拿起鉛筆，在日誌的封底輕輕下筆。在講台上微笑的優花，還有在她腳邊睡覺的光思郎。從下午一口氣畫到深夜，畫完之後他攤開日誌，跟早瀨光司郎的畫兩相比較。

不妙。他不由得這麼自言自語。

「輸了……。不過也不是要論輸贏啦。」

自己的畫不差，但是傳遞出去的心意密度卻完全不同。早瀨筆下的優花，有著讓看的人露出笑容的力量，但是自己的畫卻沒有這種力量。

他像外公一樣，試著去觸摸早瀨的畫。堅定的線條傳達出畫者強烈的意念。

「……光司郎，所以你這麼喜歡她啊？被甩了嗎？不，應該不是……。」

大輔猜想，一定是因為這份心意太深沉，他根本沒有開口吧。

幾乎在同一個時期，小時候的自己也邂逅了她，墜入愛河。

大輔仔細包好第一本光思郎日誌的封面。

與初戀重逢。However=然而，自己卻連這份心意都無法坦白，就結束了這段戀情。

不過這樣也好。

不管年紀多大，不管相距多遠，藏在畫裡的這些心意，一定可以永遠留存——。

翻開第三本光思郎日誌，他在一九九九年度畢業生留言處大大地寫下。

■平成十一年度畢業生　中原大輔

今年印象最深刻的事

一九九九年，世紀末日到來。「HOWEVER」。平安迴避了諾查丹瑪斯預言的危機。流行的歌是〈First Love〉

告別二十世紀，歡迎二十一世紀。

***

櫻花季節再次到來，空氣裡充滿了花香。

光思郎閉著眼睛躺在十四川的櫻花樹下。

牠聽到遠方傳來腳步聲。花香當中，戀愛的人的味道漸漸接近。

（是大輔……）

光思郎會三年級的中原大輔前幾天結束了他的畢業典禮。

跟他一起走在學校裡，總是可以聞到許多女孩的戀愛味道。

但是大輔自己的戀愛味道只有跟優花在一起的時候才會散發出來。在狹窄的車裡，那股味道更是濃烈到令人覺得惆悵，可是優花並沒有發現。

微微睜開眼，光思郎用鼻子蹭了蹭優花的腳。

溫柔的聲音從頭上傳來。

「怎麼了，光思郎？冷嗎？」

（我不冷啦，大輔他……）

「餓了？要吃一口嗎？但是吃麵包好像不太好。」

優花在櫻花樹下鋪了張席子吃午餐，手裡拿著麵包有些煩惱。

（不是麵包啦，就在那邊，妳快看啊。）

鼻子又蹭了蹭優花的腳，這時大輔叫了她一聲。

「老師！妳在那裡啊。」

大輔在十四川對岸揮著手。

由混凝土固定的這條河，寬度大約三、四個女孩手牽手並排。因為距離很近，不需要太大聲也能跟對岸交談。

「聽說老師在看櫻花，本來以為妳去散步，我才沿著這邊一直走。」

「我擔心光思郎太累，就改成曬太陽了。」

每到櫻花季節，這條河其中一邊給人散步、另一邊方便人坐下賞花。記得直到去年為止，都還走在散步用那邊。

「可以過去嗎？」

「可以啊。」聽到優花的回應，大輔立刻過了小橋跑過來。

「今天天氣很適合賞花呢。光思郎看起來很開心。」

「光思郎好像很喜歡這排樹。」

優花纖細的手指指著圖書館後。

「以前牠很喜歡那邊。聽說經常在那裡看櫻花、睡午覺。」

「我入學的時候防護網後面已經成了牠的指定席，可是今年換成三年級的教室。也不知道是用什麼標準來決定喜歡的地方。」

「嘿咻。」大輔吆喝一聲，將光思郎的身體抱起。

微睜開眼，光思郎發現自己躺在坐在優花身邊的大輔懷裡。

戀愛的味道刺激著牠的鼻子。混在花香中的大輔這種味道，十分甘甜

耳邊是優花舒服的聲音。

「光思郎一直很睏的樣子，醒醒睡睡的。」

「這表情看起來真的睡得很舒服的樣子呢。『春日花下、吾死可矣。』啊，太觸霉頭了，抱歉啊。光思郎。」

雖然聽不懂意思，但反正他道歉了，光思郎搖搖尾巴。

大輔應該也懂了牠並不介意，摸了摸光思郎的背。

優花輕聲問，這首和歌下一句是什麼？

「……想起來了。『如月望月，終此一生。』以舊曆來看差不多就是現在呢。西行法師還真是浪漫。」

「下一句我就不記得了。不過這原來是和尚寫的和歌啊。」

「聽你叫和尚國文老師會哭的。不過先恭喜你啊，考上大學了，真厲害。」

大概是因為緊張，大輔撫著背的手有些粗暴。

「我自己都嚇了一跳。五十嵐老師也說，我是奇蹟式地考上。」

「管他是不是奇蹟，反正門已經撬開了，接下來只需要帶著自信前進就行了。」

身體再次浮起，四隻腳落在地面上。

被放在地面後，光思郎坐在優花面前。抬頭看著櫻花，翩翩落下的花瓣落在優花肩頭。

大輔的手輕輕伸向她的肩。戀愛的味道愈來愈濃。

（怎麼不摟過她的肩膀呢？）

光思郎抬頭看大輔。

快碰到優花時，大輔停下了手，插進外套口袋。

（加油啊！大輔！）

光思郎輕叫了一聲，大輔一臉怯懦。

「……不行啦。光思郎！」

（加油！什麼叫不行！）

跟大輔在一起的時候，優花也會散發出微微的甘甜香氣。她一定也喜歡這孩子。

光思郎又叫了幾聲，大輔摸摸牠的頭。

「沒關係啦，光思郎。」

「沒關係的。」大輔用人聽不見的聲音對牠說。

優花伸出手摸摸光思郎的背。

「很少看到光思郎叫成這樣呢。」

「我覺得牠是在替我加油。」
「我之前就一直覺得，你好像可以跟光思郎溝通呢。」
大輔似乎笑了。
「其實我一直這樣，不管是狗、是鳥還是牛，看到牠們的眉間附近就好像能懂牠們的心情。」
「感性比較敏銳的人，可以看到其他人看不見的東西呢。聽說我一個朋友的女兒，小時候也會一直對著仙人掌說話。」
雖然覺得想睡、一直搖頭，但光思郎還是努力地睜開眼睛。
大輔好奇地問優花：
「那她現在還會嗎？」
「好像上小學之後就不會了。可能是因為眼睛開始關注其他新東西，之前看得到的東西反而看不見了……。我朋友是這麼說的。大概是告別了幼稚園時代，更接近大人了一點吧。」
「那跟我的狀況不太一樣。我只是自己擅自推測光思郎的想法而已。……對了老師。」
老師的師字還沒來得及說完，大輔從包包裡取出一本日誌。
「這個妳記得嗎？」

「是光思郎日誌吧，第一本。」

「妳等一下把封面拆下來看看。」

「現在不行嗎？」

「不行。」大輔堅持道。

「等我走了再拆。老師妳發現了嗎？」

「發現什麼？」反問的優花頭髮上飄落了幾片花瓣。

「沒關係。等等妳看了就知道。」

大輔的手往光思郎這裡伸過來。

透過那溫柔輕撫的手，傳來了令人迷醉的甘甜戀愛香味。

「再見了。」大輔微笑說道。

「鹽見老師，妳要好好保重喔。」

光思郎的鼻子摩擦著遞過日誌的大輔膝蓋。

（大輔要走了嗎？）

「什麼？要我加油嗎？」

總是能正確讀懂自己心意的大輔，第一次出了錯。

（不是啦。我問你是不是要走了？）

「謝啦，我會好好加油的，光思郎！」

（大輔，不是啦！你是怎麼了？）

「我會好好保重，你也是喔。」

愈是拚命想傳達，就愈無法讓大輔了解。

戀愛的味道消失，大輔身上開始出現一種以前沒有聞過、充滿活力的味道。

之前看得到的東西反而看不見。因為眼睛裡看見了新的東西——。

大輔的身影遠去。看著那背影，光思郎心想。

他也告別了跟優花相伴的時代，更像個大人了。

頭上傳來紙張摩擦的聲音。優花正在拆下光思郎日誌的封面。

優花輕聲驚呼。拿著日誌站了起來，望向大輔身影消失的櫻花樹對面。

優花慢慢坐下，打開日誌。

「你看，光思郎，是我們的畫耶。是中原。」

優花的聲音在這裡頓了一下。

「……還有早瀨畫的。」

攤開日誌，封面和封底各有一張圖。封面是相遇時穿著外套在笑的優花，腳邊有一隻小狗。

封底是站在黑板前，現在的優花。長大的自己躺在她腳邊，幸福地睡著覺。

光思郎的視線離開圖畫，看著自己的前腳。兩張畫中被蓬鬆白毛包覆的腳，現在已經有好幾處脫落、露出底下的膚色。

眼睛也不一樣了。兩張畫裡大大的眼睛，最近連睜開都很費勁，一直好想睡。

抬頭一看，優花肩膀有飄落的花瓣。

「光思郎，你看起來很舒服的樣子呢。」

這個人的名字優花，就取自這種花。

這種叫做櫻色的美麗顏色，自己卻永遠看不到。

（比起這張畫，我更想看看妳的花的顏色……優花啊，我問妳喔。）

優花將光思郎抱到大腿上，牠搖著尾巴。

（狗下輩子還會是狗嗎？還是會變成人？不過其實都無所謂。）

她腿上的溫暖，讓光思郎忍不住閉上眼睛。

（希望下次來到這個世界時，還可以遇見妳。）

優花身邊有日誌的味道。紙張間，飄出孩子們的味道。從那些味道當中，浮現許多學生的面孔和聲音。

從人類光司郎和優花開始，那許許多多的孩子。

睜開眼睛，頭上是一片從未見過的顏色。盛開的花朵，染上了糖果般溫柔甘甜的顏色。

那就是這種花的顏色，櫻色。

優花站起來。光思郎從她的懷中，望著映照出花色的河面。

「你看，光思郎。花瓣鋪滿水面了。」

幾乎滿滿覆蓋水面的花瓣緩緩流動。眼前滿是這令人心神蕩漾的顏色。

（我看到了，這就是優花的顏色啊。）

「尾巴搖得這麼開心。你喜歡櫻花嗎？」

優花低頭看著牠的臉。她的臉看起來好模糊，但是在那後面有一大片櫻色的天空。

當眼睛裡看見了新的東西，過去看得到的東西再也看不見——。

（該道別了，優花。）

「什麼，光思郎？睏了嗎？看起來好像在笑呢。」

（謝謝，我最喜歡妳了。下輩子、下下輩子也一樣喜歡妳。）

舔舔優花的臉頰，光思郎輕輕閉上眼睛。

（真想永遠跟你們在一起。）

終曲

白狗相伴的季節

令和元（2019）年夏天

平成十三年（2001年）　美國九一一恐攻事件
　鈴木一郎選手，獲得大聯盟新人王及MVP
平成十四年（2002年）　世界盃足球日韓大賽
平成十七年（2005年）　中部國際機場啟用。愛知萬博，愛・地球博博覽會
平成二十三年（2011年）　東日本大地震
平成二十四年（2012年）　倫敦奧運中角力選手吉田沙保里達成三連霸
平成二十五年（2013年）　東京申奧成功。「盛情款待」成為流行語
平成二十八年（2016年）　北海道新幹線開業。「寶可夢GO」、電影《你的名字。》大紅
平成三十年（2018年）　平昌奧運中羽生結弦選手成功二連霸。安室奈美惠引退
平成三十一年（2019年）　五月起改元令和。八稜高中創校百年紀念典禮
　（NOW！）

圖書委員會委員長神島咲良抬頭看著這份掛在八稜高中圖書館牆上的年表。平成在四月結束，現在是令和元年八月。

接連數日的酷暑天，新改裝的圖書館冷氣很強，非常舒適。

改元令和的今年，這所學校也迎來創立百年。八月的今天邀請了許多來賓，盛大舉辦紀念典禮。等一下的祝賀會場就是趁著百年之機，在同學捐款下全面改裝的這座圖書館。

除了空調之外這裡還有兩台最新型的電腦跟大螢幕，另外增設了可以像今天這樣舉辦各種儀式活動的多目的空間，也是本次改裝的一大亮點。

百年紀念典禮的今天同時也是新圖書館正式對外公開的日子，在圖書委員會的顧問松保老師提議下，製作了一份介紹八稜高中百年歷程和日本歷史的年表。

咲良負責的是平成十年之後日本重要事件和照片的挑選。一百年分的展示分量不小，她忍不住多看了自己負責部分兩眼。

「啊，咲良，妳在這裡啊。」

聽到一個開朗的聲音，轉過頭，是她的死黨高梨葵，手裡提著一個塑膠袋。

同時參加美術社和攝影社的她，為了今天的活動在新圖書館裡展示了一張油畫跟一幅攝影作品。

「怎麼了，小葵？展示出什麼問題了嗎？」

「那倒沒有。關於早瀨學長的事想找妳商量。」

跟隨葵的視線，看到一個被大批人群包圍的男人。

那個高個子很適合穿黑色正裝的，就是目前在歐洲發展的畫家，早瀨光司郎。

他贏得多項美術界大獎，在海外是相當知名的日本畫家。這次為了紀念百週年，他以學校為主題捐贈了一幅畫。

「那個畫家怎麼了嗎？」

「其實我是他的超級粉絲。」

自己說完後又覺得難為情，葵羞澀地笑了。

「說是粉絲，應該說我很崇拜他啦……我爸是早瀨學長在美術社的學弟，我家有很多他的畫冊之類的。所以呢，妳看。」

葵把左手提的袋子舉高到咲良眼前。那是位於八高校門前一間麵包店的袋子。

「這麵包又怎麼了？」

「剛剛記者採訪的時候我聽到了，早瀨學長高中的時候最喜歡的是『麵包跟畫畫』。記得我爸也說過，早瀨學長很喜歡麵包，所以我剛剛去買了。說到八高生喜歡的麵包，一定是Passion吧。」

「與其說是八高生喜歡，其實是小葵妳的偏好吧？……早瀨學長他們那時候已經有這間店了嗎？」

Passion是在蓬軟的熱狗麵包裡塗上人造奶油的麵包。確實有很多人愛吃，但咲良自己最喜歡的是草莓三明治。

「啊～。」葵嘆了一口氣，手扶在額頭上。

「這我倒沒想過。不過不要緊，我還買了其他看起來滿好吃的麵包。等一下妳可以跟我一起去送嗎？」

「怎麼感覺有點緊張。」

「所以才要妳陪我去啊。」

「好啊。」回答後，聽到一陣歡聲。

聲音是從房間角落放電腦的地方發出來的。葵開心地看著那個方向。

「那裡很受大家歡迎呢。身為攝影社我也挺有面子的。」

為了這次祝賀會，葵他們把學校保管的畢業紀念冊中的合照都掃描下來，方便大家從圖書館的電腦上閱覽。

在這裡大家可以一起看著十八歲時的樣子。各種不同年代的同學成群聚在電腦前，開心地看著螢幕。

盛大的歡聲和掌聲再次響起。

壁掛式投影幕上，一張一張播放著昭和六十三年度的畢業生全班合照。

那一年特別受歡迎呢。說著，葵一邊操作著智慧型手機。

「因為拍到早瀨學長所以大家都想看。這是製作者的特權，我們社員可以從手機直接看照片，妳看。」

葵的手機畫面裡是排排站好的黑色學生服男生跟身穿西裝外套的女生。那是以前的老制服，穿著立領制服的男生看起來格外精悍。

放大照片，一臉凜然的早瀨佔滿整個畫面。

「小葵，這也太誇張了吧？十八歲的早瀨學長是不是太帥了。」

「很讚吧？還有更讓人驚訝的，其實教英文的松保老師也在這裡面。這也是我爸說的。」

「真的嗎？他們同班啊？……啊，我找到了！」

看看女生，其中有個長相特別清秀漂亮的學生。那對溫柔的大眼睛，確實就是圖書委員會的顧問，英文科的松保優花老師。

「松保老師感覺都沒怎麼變耶。但是她都沒說過跟早瀨學長是同學。而且因為有些社團佈展來不及完成，她一直在這裡準備，沒去參加典禮。」

「那不如這樣。」葵淘氣地笑著。

「妳跟老師一起去送麵包怎麼樣？青春的滋味。」

「不錯耶。但是……咦？」

環視周圍一圈，咲良小聲地說：

「老師人呢？」

* * *

少年長大成人，看起來更加成熟可靠。

生活如果充實，這份成熟可靠會充滿自信，隨著年齡的增長更添魅力。

可是少女呢？女人也會隨著年齡增添魅力嗎？

在八稜高中開校百週年的祝賀會場，松保優花沉浸在這些思緒中。

下午兩點起在體育館舉辦的儀式順利完成。

接下來下午五點即將在圖書館舉辦的祝賀會，以來賓和校友為中心，採取立食形式。搬開平常學生們使用的桌椅，佈置成會場。

老校友在小小講台上開始演講。那個人跟自己一樣，在這所高中任教。

二字頭尾聲起的三年，她來到母校八稜高中任教，之後又去了縣內其他高中教英文。去年再次回到母校，所以這次的典禮是以教職員身分參加。平成元年畢業時，完全沒有想像過這樣的未來。

他或許心裡也有著同樣的感慨。

優花遠遠望著自己的同學早瀨光司郎。

眾多人群中，身穿黑色正裝的早瀨正在說話。高中時他端正的五官看起來有些清冷，但是四十八歲的現在已經沒有那份冰冷，微笑起來的瞬間眼角會出現溫柔的紋路。

真好的老法。一定度過了很充實的時間。

「鹽見。」聽到一個男人的聲音，優花轉過頭。

看看對方胸前的粉紅色名牌，上面寫著藤原貴史。高中時代的學生會長，也是努力促成光思郎留在學校的同學。

「啊，藤原。好久不見啊。」

「幾年沒見了？過得還好嗎？」

以前留著瀟灑長瀏海的藤原，現在頂上稀疏了不少。但是他隨和輕鬆的語氣跟以前一點也沒變。

「鹽見，妳都沒怎麼變呢。一眼就看出來了。」

「怎麼會沒變呢，現在體力也不行了。」

「彼此彼此啦。對了，鹽見……妳現在姓松保啊。看起來很幸福，真是太好了。」

藤原看著她名牌上的松保，笑著說。

如果他口中的「幸福」是指婚姻生活，那其實並不算幸福。

三十二歲時結了婚，但四年後就分手。兩人之間沒有孩子，彼此的感情也都淡了，很快便決定離婚。

但她現在還是繼續用前夫的姓，是因為至少在姓名上，也想跟那個逼自己幫忙還債、還數度想踏足可疑買賣的哥哥徹底斷絕關係。

藤原輕拍了她的背。

「鹽見也是這裡的老師吧。幹嘛躲在角落呢？去跟早瀨聊聊啊。」

「我在看學生的作品。覺得大家都很努力。」

圖書館的牆面和與腰齊高的書架上，裝飾著文化類社團慶祝百週年製作的作品。

藤原看著寫了八稜高中和日本百年歷史的年表。

「對了，看了那張年表發現我們的時代竟然已經那麼古老，感覺挺受衝擊的。」

「畢竟是昭和和平成的交界啊，當然古老。」

「而且明年又要辦奧運了，怎麼感覺前不久才剛決定在東京辦。」

大大紙張上寫的年表，在今年改元令和和學校的百週年之後是一片空白。展示時本來想把多餘部分裁掉，可是又覺得這樣好像裁切掉了未來，乾脆維持原狀。

優花看著什麼也沒寫，空白的令和時代。

以後這裡會寫下什麼事件呢？到時候，自己會在幹什麼呢？

藤原的視線移到美術社的繪畫上，他壓低聲音說：「說到衝擊……。」

「這話不能說得太大聲，不過美術社的作品都沒有當年早瀨那個程度的衝擊呢。」

「如果有那種衝擊，就是第二個早瀨了吧。」

校友的演講結束，掌聲響起。藤原沒再說話，兩人也拍著手。包圍早瀨的人群都朝著講台獻上熱烈掌聲。

來賓中最受注目的，就是畫家早瀨光司郎。

比起在日本，他三字頭的後半在海外獲得更高的評價。幾年前在東京開業的奢華飯店入口畫了一幅大壁畫之後，在日本也漸漸有名氣。

那是一幅描繪日本四季各色花草的壁畫，社群媒體上很流行站在自己來訪季節的花前拍下紀念照。有一位美國女演員收集了在所有種類的花前拍的照片，後來幸福地結婚了，現在全世界都在流傳如果能「集滿」花朵照片，就可以獲得幸福，現在已經成了東京的知名景點之一。

兩年前開始有委託早瀨光司郎作畫、由校友在開校百年紀念時致贈給八高的計畫。負責推動的主要成員就是過去照顧養在學校裡的狗「光思郎」的光思郎會校友。

其中聯絡住在海外的早瀨的校友，是一位跟丈夫一起在歐洲經營有機美體沙龍集團的女性，日本女性雜誌上都稱呼她為「詩乃夫人」。

這項計畫很快就獲得許多支持校友的捐贈，於是早瀨建議，他願意捐贈作品，希望將收集到的捐款用於擴充學校的設備。

因此校方先進行了圖書館設備的增修，之後也預計要擴充其他設施。

眾人開始歡談。年輕女校友紛紛來找早瀨拍紀念照。

「不分老少大家都很喜歡早瀨呢，但是大家真的對藝術那麼感興趣嗎？」

「就算不懂藝術，可能也想找早瀨說話啊。」

「也對。」藤原說著也笑了。

「喔，差點忘了說重要的事。等等有一場早瀨跟大人們的聚會，但是我們光思郎會也會續攤。妳要不要來？喔，早瀨身邊沒人了呢。」

早瀨身邊的人紛紛離開，剩下他一個人。

「走吧，這是我們身為老同學的特權。可以不用跟早瀨那麼客套。」

「你先過去吧。」

藤原小跑步接近早瀨，叫了他一聲。感覺到早瀨的視線，優花走到書架後。要出現在比以前更有魅力的早瀨面前，她覺得很難為情。

像欣賞星星那樣從遠方凝望，就是最好的距離。

又換了一位校友上台演講。平成六年度畢業的上田奈津子這位醫師。她在東日本大地震時以醫療人員的身分進入當地，現在依然持續支援災區的志工活動。

始於明治的日本現代歷史中，平成是唯一沒有戰爭的和平時代。

可是卻歷經了好幾度自然災害。平成七年的阪神淡路大地震，十六年後在平成二十三年發生了東日本大地震。新潟、熊本、北海道也都曾經發生過巨大的地震災害，還有許多局部豪雨帶來的水患。

時代走進二十一世紀，儘管科學技術發達，依然無法阻止突來的災害阻斷人們的日常生活。

正在準備歡迎活動的兩個學生，非常專注地聽著上田醫師的演講。其中一個是想考醫學部的神島咲良，她身邊的學生是以前在美術社裡低自己一學年的高梨亮他女兒，高梨葵。

假如自己有孩子，應該也會有個差不多年紀的兒子或女兒吧。每次看到圓眼睛酷似高梨的葵，她就會忍不住這麼想。

上田醫師關於東日本大地震復興支援的演講結束，正在進行活動最後的致詞。早瀨跟其他來賓一起前往下一個會場。其他人也開始準備離開。

「鹽見老師！」

一個頭髮剃得極短，身穿合身西裝的男人走來。看看對方橘色的名牌，是平成十一年度畢業的中原大輔。

「中原！我都沒認出你。」

「因為我頭髮剪短了吧。」

大學畢業後進了一間大型廣告公司的中原，幾年前獨立創業，現在是廣告和商標設計的平面設計師。

將早瀨作品捐贈給學校的計畫，中原也是發起人之一。許多繁雜的手續也都由他負責處理。

中原看了名牌，「啊！」

「老師現在是松保老師了嗎？叫起來好彆扭啊。」

「是嗎？我已經習慣了。」

「也是啦。」

中原遞出幾張畫了狗的漂亮傳單。

「老師，妳知道光思郎會等等有續攤嗎？」

「聽說了。等等我應該會過去看一下……。」

「那這個妳拿著吧。如果看到其他光思郎會的人請發給他。」

「可是我幾乎不認識光思郎會的人啊。」

「其實我們偷偷地做了標誌，在名牌角落貼了狗的貼紙。」

手上的傳單以一場續攤的通知來說，設計得非常講究。另外從名牌設計上，也從創立那年開始每五年區分為不同顏色，馬上就能分辨與自己年代相近的畢業生，所有參加者手中都拿到了一覽表。

會場中並沒有看到創校到三十年左右的顏色，之後其他顏色零星可見，戴著七十多年分、十幾種顏色名牌的人在現場來往交織，形成繽紛熱鬧的風景。

「這些名牌和傳單該不會也是你做的吧？」

「當然啊。我雖然也成熟了不少，可是我是光思郎會最後的會員，身邊都是學長，在大家面前我只是個小跟班。名牌和卡片什麼的，都是一位很跩的學長強迫我做的。」

聽起來像在抱怨，但口氣卻挺開心的，中原看了台上一眼。

「啊，糟了，就是那個學長！老師，等會見喔。鷲尾學長！不要在這裡唱，等一下的場地有卡拉OK啦。」

五官精悍的男人開始清唱校歌。雖然喝醉了，但是音準正確，聲量也很豐厚。

大家也開始附和，唱起了校歌，這時一個身穿深藍色夾克的微胖男人衝到報到櫃檯前。

「對不起，結束了嗎？啊，我的名牌。」

微胖男人從排在桌上的名牌中拿了綠色名牌。名牌角落貼了小小的狗貼紙。優花拿著傳單向對方說：

「那個……等等其他地方還有聚會，另外光思郎會也有續攤。」

遞過傳單，「喔！」男人用力點著頭。

「那太好了。但是這邊的活動已經結束了嗎……。」

「笑五！」

始終一個人站在櫃檯邊的男人，叫住了這個微胖男人。是個戴著銀邊眼鏡的纖瘦紳士。

微胖男人瞇起眼，然後高舉著手。

「阿隆？你該不會是相羽吧？」
「對啊，還記得我嗎？」
「怎麼會不記得呢。」
微胖男人輕輕拍了那個叫相羽的男人背後。
「我飛機誤點，本來想放棄的……。但是聽說你要來，總覺得你會等我。」
「對啊，我在最終彎角等你。」
兩人噗哧一聲同時笑了出來。
「你還會看F1嗎？」
「一輩子都會看。」
「我也是。今年也好令人期待啊。本田跟紅牛車隊……。」
「要不要找個地方好好聊這個話題？」
「要要要，還要一起喝一杯。」
兩個人並肩走著，那開心暢談的背影宛如少年。
光思郎住在這所學校裡的世間，是百年之間的十二年。
牠在昭和尾聲來到這所學校，在二十世紀尾聲離開。
當時的高中生現在已經三、四十歲，正處於在各自領域大展身手的時期。
帶著欣慰的心情目送兩人離開，以前的美術教師五十嵐拍了拍她的肩膀。

「喂，松保。妳看過光司郎的畫了嗎？」

「還沒時間仔細看。」

「那怎麼行呢，快去看。他還畫了狗的光思郎喔。」

五十嵐退休後，在八稜高中對面的同學會館擔任館長。一退休就開始留長他的白頭髮，現在看起來就像個老嬉皮，但他本人似乎想走仙人的風格。

「光思郎還是小狗時的畫嗎？」

「看起來應該是成犬。很不經意地放在畫的正中間。另外還畫了我，也幫我畫了鬍子呢。妳先去看看這個部分。」

「老師，你是來炫耀的吧。」

「那當然啦，我今天到處去炫耀。對了，早瀨好像有東西忘在體育館。門鎖了嗎？」

「鎖了，但是可以打開。我去拿吧。」

「好。」五十嵐輕輕揮揮手。

「但是先別說這個，妳跟早瀨聊過了嗎？去續攤露個臉吧。他好不容易回日本一趟，沒機會跟同學聊天也太可憐了。」

「藤原會去啊……他忘了什麼東西啊？」

「好像是個信封。看看側台有沒有一個咖啡色信封。」

優花讓五十嵐等在圖書館，趕往體育館去。

走過正面玄關前時，忽然想看看幾個小時前剛拿下白布正式公開的早瀨畫作。

她小跑步折返，走向玄關。

進入正面玄關的牆上，裝飾著一幅大到得仰望的圖畫。

標題是「白狗相伴的季節」。

在澄澈的藍天下，畫了校舍全景和許多學生。

本來只想稍微看一眼，不過畫中的學生們開心的樣子深深吸引了優花，她停下腳步開始仔細看著這幅畫。

校舍前的操場上，仔細描繪了在跑道上奔跑的學生，還有棒球隊的學生等等。右邊一群吹奏樂學生，好像在替他們加油一樣。

目光移到校舍，許多扇窗戶內側可以看到面對書桌、跟朋友吃著便當的學生。

這些學生的中心是五十嵐和光思郎。

光思郎在蓄著鬍鬚的五十嵐懷中，從三樓窗戶往外望。

「光思郎在這裡啊……。」

凝視著那一身蓬鬆白毛的狗，鼻腔深處一陣酸楚。

忍住快要湧出的淚，優花抬頭看著光思郎。

從昭和到平成，然後是令和。

新元號開始的這一年，光思郎又從畫中回來了。

光思郎的斜上方，在最高樓層的窗口有個長髮少女。

她正從窗戶射出紙飛機。其他學生都穿著制服或者運動外套，只有她穿著白色牛角釦外套。

背後傳來一陣淡淡的溫暖柑橘香味。

那味道很像Portugal。就在這時，一個沉穩的男聲說道：

「很多人都問我，為什麼只有那個女孩穿白色衣服。」

她沒有回頭，繼續抬頭看著畫，問道：

「那你是怎麼回答的？」

「我說，因為她象徵著希望。她是學生，也不是學生。無論過去還是現在，她都是我的希望。」

身穿黑色正裝的高個子男人站在她身邊。是早瀨光司郎。

拉鬆了白色領帶，早瀨也仰頭望著畫。

「那時候我每天都很累，回家路上看到妳家的燈光總是很受激勵。看到那盞燈，不管天氣冷熱還是家裡的事，都可以暫時拋在腦後。……妳改姓了。」

「十六年前。」

回答的聲音微微發顫。

看著畫的早瀨輕聲問：

「過得還好嗎？」

「託你的福。你呢？」

「馬馬虎虎。不過前年搞壞了身體。但現在已經沒什麼大礙了……。療養的時候腦子裡想起的都是高中時代的事。美術社的社辦，還有光思郎。」

晚上燈光暗去的校園十分安靜。玄關點亮的日光燈發出唧零唧零的聲音。

「我三十多歲時也結過一次婚，後來分開了。」

沉默了好一會兒，早瀨問：「那妳呢？」

「我……也一樣。」

「這我剛剛聽說了。從我們共同的恩師那裡……。」

「五十嵐老師！……」她語帶抗議。

「老師也真是的，到底都跟你說了些什麼！」

大概是被她這氣勢嚇到，早瀨嘟囔著解釋：

「沒有啦，他說不能隨意透露妳的私人資訊，是我問的方法實在太巧妙他才說溜嘴的。我這樣說好像在自畫自讚？」

畫家說自己自畫自讚，優花聽了忍不住笑出來，早瀨也瞇著眼睛笑了。

那不會在眾人面前顯露的放鬆表情，讓優花看了胸口一熱。拉開的領帶和有點亂的襯衫領口，也莫名顯得耀眼炫目。

為了抑制住那股像是燒紅炭火般的熱，優花將視線從早瀨身上移到畫上。

「你在畫裡的哪裡？」

「這裡，有個裝畫板的包包。」

早瀨指向防護網後面。腳邊放肩掛大包的男孩仰望著學校。

「是光思郎經常待的地方……。」

「這我也聽說了。所以人類光司郎也從防護網後，仰望著希望。」

優花也仰望著身穿白衣的少女。

耳邊是早瀨沉穩的聲音。

「構思這幅作品的時候，我還沒有完全結束療養。當時我跟找上我畫畫的詩乃……詩乃夫人討論該畫什麼，她建議我，『迷路時可以回去的地方』這個主題如何。」

「真不錯。但是我不知道該回哪裡去。」

「我本來也是。」

早瀨朝著畫往前走一步。

「但是一看到空白的畫布，想畫的東西就自然浮現在腦中。這看似一個地方，其實不是，看似學生、也不是學生。」

早瀨在畫中凝視著希望。真想跟他肩並肩，望向一樣的東西。

可是自己就是踏不出那一步。

「真羨慕你，看到白色畫布就知道想畫什麼。我……我看到學生做的年表空白的地方，心裡只有不安。那會是什麼樣的時代？到時候我在做什麼？會擔心起這些事情。」

「就算擔心畫不出想畫的東西，也只能相信今天會比昨天好、明天會比今天好，不斷畫下去。我向來都是這樣面對畫畫，妳不也是嗎？」

早瀨回頭，優花急忙輕輕擺手。

「早瀨，畫畫我不太……。」

不太在行。話說到一半才意會到，他說的並不是畫畫這件事。

「也對……。」

心裡想起了過去經歷的無數個季節。

「我一直很努力在畫喔，早瀨。」

往前踏出一步，站在早瀨身邊。離畫裡的光思郎更近了一些。

「我也這麼想，看妳教出來的學生就知道了。」

「那個……。」早瀨小聲地說。

「要不要偷跑？」

「啊？」

轉頭看看身邊，早瀨對她笑著。

「偷偷跑走吧。以前不敢開口約妳，現在我敢了。」

「喂！」一個溫吞的聲音伴隨著腳步聲接近。

五十嵐在陰暗的走廊上走來。

「早瀨，你在這裡啊。快走吧，你不在都熱鬧不起來。」

早瀨看著畫，交抱雙臂。

「老師，我們兩個現在打算偷跑。你能不能幫我們隨便找個理由？」

「找個理由？要怎麼說？」

五十嵐苦笑著。早瀨的語氣就像高中時代一樣冷靜。

「這部分就交給大人處理了。」

「你也是大人了好嗎。」

「別鬧了，你快點回去吧。」

早瀨鬆開手，噗哧一笑。

「怎麼感覺像在被老師罵……。」

「對啊，我現在好歹也是老師。」

「你們兩個在那邊胡鬧什麼？還是小孩子嗎！」

「我們在老師面前就會變回學生啊。」

我們。早瀨口中這兩個字讓她聽了有些開心。

但早瀨不在，場面確實太冷清。

「對不起啊，早瀨，你忘了東西對吧？我去拿，你先跟老師去會場吧。」

「不要緊，我已經找到了。」

早瀨看著五十嵐。

「原來如此。」五十嵐沉吟半晌，手撫白鬚。

「找到你丟掉的東西了？」

「對。」早瀨點點頭。

「這次確實找到了。」

五十嵐聽了笑出聲來。

「知道啦！去吧光司郎，你們兩個都走吧，那邊我會想辦法交代的。」

「啊？老師，等一下……。」

「掰啦。」說著，五十嵐輕輕揮揮手，走回陰暗的走廊。

「走吧，鹽見。」

伸出的大手讓她有些困惑，但她沒有勇氣揮開這隻手。

輕輕牽起後，被早瀨用力地拉近。距離之近讓她心跳加速。

抬起頭，畫中的光思郎正在看顧著她。
她閉上眼睛，沉浸在懷念中。
遠方好像隱約傳來一陣小狗的叫聲。

謝辭

本作品承蒙各方惠賜協助，終能付梓，深深感謝。謹借此機會聊表謝忱。（作者）

金子惠
中村文
所有受訪者
株式公司Mobilityland
株式公司第一樂器
河合塾美術研究所
四日市港管理工會
（敬稱省略）

春日
ハルヒブンコ
文庫

134

白狗相伴的歲月

犬がいた季節

白狗相伴的歲月/伊吹有喜作 ; 詹慕如譯. -- 初版. -- 臺北市
: 春天出版國際文化有限公司, 2023.10
面； 公分. -- (春日文庫 ; 134)
譯自 : 犬がいた季節
ISBN 978-957-741-725-1(平裝)

861.57 112011772

ISBN 978-957-741-725-1
Printed in Taiwan

作　者　伊吹有喜
譯　者　詹慕如
總編輯　莊宜勳
主　編　鍾靈

出版者　春天出版國際文化有限公司
地　址　台北市大安區忠孝東路4段303號4樓之1
電　話　02-7733-4070
傳　眞　02-7733-4069
E－mail　bookspring@bookspring.com.tw
網　址　http://www.bookspring.com.tw
部落格　http://blog.pixnet.net/bookspring
郵政帳號　19705538
戶　名　春天出版國際文化有限公司
法律顧問　蕭顯忠律師事務所
出版日期　二〇二三年十月初版

定　價　430元

總經銷　楨德圖書事業有限公司
地　址　新北市新店區中興路二段196號8樓
電　話　02-8919-3186
傳　眞　02-8914-5524
香港總代理　一代匯集
地　址　九龍旺角塘尾道64號 龍駒企業大廈10 B&D室
電　話　852-2783-8102
傳　眞　852-2396-0050